JACK
KEROUAC

PIC

Tradução de Guilherme da Silva Braga

www.lpm.com.br
L&PM POCKET

Coleção **L&PM** POCKET, vol. 1239

Texto de acordo com a nova ortografia.
Título original: *Pic*

Este livro foi publicado pela L&PM Editores em formato 14x21cm em 2015

Primeira edição na Coleção **L&PM** POCKET: janeiro de 2017

Tradução: Guilherme da Silva Braga
Capa e ilustração: Ivan Pinheiro Machado
Preparação: Marianne Scholze
Revisão: L&PM Editores

CIP-Brasil. Catalogação na publicação
Sindicato Nacional dos Editores de Livros, RJ

K47p

Kerouac, Jack, 1922-1969
Pic / Jack Kerouac; tradução Guilherme da Silva Braga. – Porto Alegre, RS: L&PM, 2017.
128 p. ; 18 cm. (Coleção L&PM POCKET, v. 1239)

Tradução de: *Pic*
ISBN 978-85-254-3458-6

1. Ficção americana. I. Braga, Guilherme da Silva. II. Título. II. Série

14-18495 CDD: 813
CDU: 821.111(73)-3

Rua Comendador Coruja, 314, loja 9 – Floresta – 90220-180
Porto Alegre – RS – Brasil / Fone: 51.3225.5777

Pedidos & Depto. comercial: vendas@lpm.com.br
Fale conosco: info@lpm.com.br
www.lpm.com.br

Impresso no Brasil
Verão de 2017

Jack Kerouac

(1922-1969)

Jean-Louis Lebris de Kerouac nasceu em Lowell, Massachusetts, em 12 de março de 1922; era o mais novo de três filhos de uma família de origem franco-canadense. Começou a aprender inglês apenas aos seis anos de idade, estudou em escolas católicas e públicas locais e, como jogava futebol americano muito bem, ganhou uma bolsa para a Universidade de Colúmbia, na cidade de Nova York. Nessa cidade conheceu Neal Cassady, Allen Ginsberg e William S. Burroughs. Largou a faculdade no segundo ano, depois de brigar com o técnico de futebol, foi morar com uma ex-namorada, Edie Parker, e juntou-se à Marinha Mercante em 1942 – dando início às jornadas infindáveis que se estenderiam por boa parte de sua vida. Em 1943, alistou-se na Marinha, da qual foi dispensado por razões psiquiátricas. Entre uma e outra viagem, voltava para Nova York e escrevia o seu primeiro romance, *Cidade pequena, cidade grande*, publicado em 1950, sob o nome de John Kerouac. Fortemente influenciado pelo estilo do escritor norte-americano Thomas Wolfe, este primeiro trabalho foi bem recebido. Em abril de 1951, entorpecido por benzedrina e café, inspirado pelo *jazz*, escreveu em três semanas a primeira versão do que viria a ser *On the Road*. Kerouac escrevia em prosa espontânea, como ele chamava: uma técnica parecida com a do fluxo de consciência. O manuscrito foi rejeitado por diversos editores. Em 1954, começou a interessar-se por budismo e, em 1957, *On the Road* foi finalmente publicado, após inúmeras alterações exigidas pelos editores. O livro, de inspiração autobiográfica, descreve as viagens de Sal Paradise e Dean Moriarty pelos Estados Unidos e pelo México. *On the Road* exemplificou para o mundo aquilo que ficou conhecido como "a geração *beat*" e fez com que

Kerouac se transformasse em um dos mais controversos e famosos escritores de seu tempo – embora em vida tenha tido mais sucesso de público do que de crítica e embora rejeitasse o título de "pai dos *beats*". Seguiu-se a publicação de *Os vagabundos iluminados* – um romance com franca inspiração budista –, *Os subterrâneos*, em 1958, *Maggie Cassidy*, em 1959, e *Tristessa*, em 1960. A partir daí, Kerouac tendeu à direita, politicamente: criticava os hippies e apoiou a guerra do Vietnã. Publicou ainda *Big Sur* e *Doctor Sax*, em 1962, *Visões de Gerard*, em 1963, e *Vanity of Duluoz*, em 1968, entre outros. *Visões de Cody*, considerado por muitos o melhor e mais radical livro do autor, só foi publicado integralmente em 1972. Ele morreu em St. Petersburg, Flórida, em 1969, aos 47 anos, de cirrose hepática. Morava, então, com sua mãe e sua mulher, Stella. Escreveu ao todo vinte livros de prosa e dezoito de ensaios, cartas e poesia.

Dedicado ao Dr. Danny DeSole

1
Eu e o vô

Ninguém nunca me amô como eu me amo, a não ser a minha mãe e ela já morreu. (O meu vô, ele é tão velho que lembra das coisa que acontecero há cem ano atrás mas o que aconteceu na semana passada e ontem ele não sabe.) Meu pai foi embora há tanto tempo que já ninguém mais lembra como era a cara dele. O meu irmão, toda manhã de domingo com o terno novo na frente de casa, saindo pela velha estrada, e o meu vô e eu sentado na varanda nos balançando nas cadera e conversando, mas o meu irmão não dava a mínima e um dia foi embora e nunca mais voltô.

Meu vô, quando tava sozinho, dizia que ia cuidá dos porco e que era pra eu ajeitá a cerca, e dizia, "Eu vi o Sinhor passá naquela cerca cem ano atrás e Ele há de retorná". Minha tia Gastonia aparecia aos tranco e barranco e dizia que tava tudo certo, ela tamém acreditava, ela tinha visto o Sinhor mais vez que qualqué um podia contá, e dava aleluias sem fim, dizia que "Meso que esse Evangelho seja a verdadera palavra de Deus, o piqueno Pictorial Review Jackson" (eu) "tem que ir pra escola pra aprendê a lê e a escrevê", e o meu vô olhava bem no olho dela como se quisesse cuspi sumo de tabaco lá dentro e respondia, "Por mim tudo bem", assim meso, "mas aquela não é a escola do Sinhor e assim o minino nunca vai consertá as cerca".

E aí eu fui pra escola na tarde siguinte e vi que ninguém nunca ia sabê de onde eu tinha vindo, se chamavo aquele lugar de Carolina do Norte. Pra mim não parecia com a Carolina do Norte. Dissero que eu era o minino mais escuro, o minino mais preto que já tinha aparecido na escola. Eu *sempre sobe*, porque já tinha visto otros garotos brancos aparecê na minha casa, e eu tinha visto garotos cor-de-rosa, e tinha visto garotos azuis, e tinha visto garotos verde, e tinha visto garotos cor de laranja e tamém pretos, mas não tanto quanto eu.

Bom, eu não esquentei a cabeça com isso e continuei feliz da vida fazendo as minhas torta dês que eu era piqueno até vê que elas tinho meso um chero muito ruim; e tudo enquanto o meu vô sorria na varanda e pitava o velho cachimbo verde. Um dia dois garoto branco que aparecero me viro e dissero que eu era muito preto até meso pruma criança negra. Bom, eu respondi que eu *já sabia*. Eles dissero que eu era piqueno demais pro que eles tavo fazendo, que eu agora esqueci, e eu disse que um deles tinha uma bela rãzinha na mão. Ele disse que aquilo não era rã nenhuma, era um SAPO, e disse SAPO dum jeito pra me fazê dá um pulo de cem quilômetro de altura, de tão alto e tão claro que falô, e os dois foro correndo pro morro atrás da propiedade do meu vô. E assim eu sobe que eles ero da Carolina do Norte, e que aquilo era um *sapo*, e sonhei com essas coisa à noite.

No cruzamento o sr. Dunaston dexava eu e um velho cachorro nos sentá nos degrau da loja dele todo fim de tarde e eu ovia as cantoria bonita no rádio bem *nítido* e bem *claro* e aprendi umas duas, três ou sete música pra cantá. Uma vez o sr. Otis apareceu com o carrão velho dele e me deu duas garrafa de Dr. Pepper, e eu levei uma pra casa pro meu vô: *ele* disse que o sr. Otis era uma ótima pessoa e que conhecia o pai dele e o pai do pai dele e assim por diante por cem ano, e que todo mundo era gente boa. Bom, eu *já sabia*: e a gente concordô, e concordô tamém que o Dr. Pepper sempre fazia um monte de espuma na nossa boca. Cês tudo pode imaginá como eu fiquei feliz.

Agora eu vô contá como era tudo. A casa do meu vô era toda guenza e tava preste a desabá, feita dumas tauba que foro cortada quando saíro ainda novinha do bosque mas lá tavo elas tudo desgastada que nem um pedaço de madera velha e morta e empenada no meio. O teto muitas vez escapava e caía na cabeça do meu vô. Ele não se importava e continuava balançando na cadera. Por dentro a casa era limpa como uma espiga de milho velho e seco, e tão barulhenta e morta quanto e tamém boa de caminhá de pé descalço como cês meso tudo podio tê visto se tivesse exprementado.

Eu e o meu vô, a gente dormia na cama rangedora e tinha espaço de sobra, a cama era grande demais. O cachorro dormia na porta. Aquela porta não fechava enquanto o inverno não chegasse. Eu rachava a lenha, o meu vô colocava a lenha no fogão. Eu ficava lá comendo ervilha e vagem e carne com molho com uma ENORME duma colher e comia um monte até enchê a barriga – quando tinha comida de sobra. Bom, a tia Gastonia, ela nos trazia comida um dia, otros dias depois, semana passada, mês que vem. Nos levava carne pra ensopado, pão, toicinho. Meu vô plantava ervilha no campo e tinha um milharal junto da cerca, e a gente dava pros porco o que a gente tirava da nossa boca porque não consiguia mastigá. O cachorro tamém comia. A casa ficava no meio do campo. Lá fica a estrada, uma estrada de areia cheia de sulco e pedrinha onde as mula aparecio de vez em quando e às vez um carro grande levantava uma enorme nuve de poera com um quilômetro e meio de altura e eu sentia o chero por tudo quanto era lado e dizia pra mim meso, "Por que o Sinhor não pode sê um poco mais limpo?". E aí eu fechava o nariz! Bom, lá fica a loja do sr. Dunaston bem no cruzamento, e depois vem o bosque dos pinhero com o velho corvo que fica empolerado todo dia de manhã no galho cro-cro--crocitando, e eu tamém digo cró-cró-cró-cró que nem ele, e no fim dô risada, todo dia de manhã, hi hi hi, eu acho muito engraçado. E lá pro otro lado fica a tabacaria do irmão do sr. Dunaston, numa baita, baita casa onde mora o sr. Otis, e a casa da sra. Bell no meio do campo e a sra. Bell ela gosta de ser velha que nem o meu vô e fuma cachimbo que nem ele. Bom, ela gosta de mim. Toda noite todo mundo dorme nessa casa e naquela casa e em tudo quanto é casa, e a única coisa que se ove é uma velha coruja – U-ú! U-ú! – no bosque, e iéc! iéc! iéc! todos morcego, e os cachorro uivando, e os grilo cantando no escuro. E depois tem o tchu-tchu da CIDADE, cês tudo sacomé. A única coisa que não dá pra ovi é a aranha fiando a teia. Eu entro no cortiço e rasgo uma teia – mas depois que eu limpo a mão a velha aranha faz otra pra mim. Lá no alto do céu tem umas cem estrela em movimento e aqui no chão parece que tá úmido, como se tivesse pra chovê. Eu vô pra cama e o meu vô diz, "Garoto, não vem com esses pé grande e molhado pro meu lado!" mas em poco tempo os meus pé tão seco e eu me aconchego nas coberta. Aí eu vejo as estrela do otro lado da janela e durmo bem.

Cês tudo pode imaginá como eu fiquei feliz?

2

O QUE ACONTECEU

Pobre vô, um dia ele não se levantô da cama e todo mundo veio da casa da tia Gastonia e disse que ele tava preste a morrê de desgosto. Deitei a cabeça no travissero do vô e ELE me disse que não era nada disso. E ele pediu gritando a Deus que tirasse todo mundo da casa a não sê pelo cachorro. O cachorro começô a uivá debaxo da cama e a lambê a mão do vô. A tia Gastonia enxotô ele pra rua. "Passa, pra rua!" A tia Gastonia lavô o meu rosto. A tia Gastonia, ela pôs um trapo no meu ovido e tampô o meu ovido e pegô o dedo e começô a girá dum lado pro otro quase até me matá. Bom, eu chorei. O vô chorô tamém. O filho da tia Gastonia, ele saiu correndo e desceu correndo a estrada e logo depois o filho da tia Gastonia apareceu correndo e depois subiu a estrada otra vez correndo zás-trás e eu nunca tinha visto ninguém corrê tão depressa. Depois o sr. Otis chegou com o carrão velho dele e parô na frente da casa. Bom, ele era um home alto e robusto com os cabelo amarelo, sacomé, e *ele* lembrô de mim, e disse, "Ora, como vão as coisas, garoto?".

Aí ele pegô o vô pela mão e girô os olho, e catô na sacola um negócio que usava pra escutá, e escutô, e todo mundo chegô um poco mais perto pra escutá, e a tia Gastonia deu um tapa no filho dela pra ele não chegá tão perto, e o sr. Otis tava preste a batê no peito do vô com uma mão em cima da outra quando ele e o vô fixaro os olho um no otro cheio de tristeza e o sr. Otis parô o que ele tava fazendo. "Ah, meu velho", o sr. Otis disse pro vô, "como você tem passado?" E o vô sorriu com os dente amarelo e disse, quase num cacarejo, "Lá tá o cachimbo, e é um cachimbo poderoso", e piscô o olho pro sr. Otis. Ninguém entendeu por que *ele* falô daquele jeito, mas ele e o sr. Otis riro tanto que ele sacudiu todo o corpo igual uma árvore quando um gambá sobe nela. O sr. Otis perguntô "Onde?" e o vô apontô pra estante, ainda dando umas gaitada e enchendo o sr. Otis de alegria. Bom, ele gostava demais do sr. Otis. Do alto da estante, num lugar tão alto que eu nunca tinha visto, o sr. Otis tirô o cachimbo que eles tavo falando a respeito. Era feito de espiga de milho e tamém era o maior cachimbo que o vô já tinha feito. O sr. Otis, ele olhô praquilo com uma tristeza enorme como eu nunca tinha visto. Ele disse "Cinco anos", e depois não disse mais nada, porque era a última vez que via o vô, e o vô sabia.

Depois dum tempo o vô adormeceu, e todo mundo ficô em roda conversando e eu não entendi como alguém podia dormi com aquele barulho todo, e aqui tá o que eles dissero. Dissero que o vô tava muito doente e que ia morrê com certeza, e eu, o piqueno Pic, bom o que que eles io fazê comigo? Ah, foi uma choradera terrível a da tia Gastonia e da amiga dela a sra. Jones, porque elas amavo o vô tanto quanto eu, o *filho* chorô tamém, e todas criança que vinho da estrada pra vê. O cachorro chorava na rua querendo entrá. O sr. Otis disse pra todo mundo pará de se priocupá daquele jeito, o vô talvez podia melhorá, mas ele não tinha certeza, então achô melhor mandá o vô pro *hospital*, onde podio cuidá bem dele. Todo mundo concordô que essa era a melhor coisa a fazê e agradeceu o sr. Otis, porque ele usô todo o dinhero dele meso pra vê se o vô melhorava, "O garoto", ele dizia pra tia Gastonia, "tem certeza que o seu marido e o seu pai concordam que a senhora fique com esse garoto?" e ela disse, "O Sinhor há de trazê misericórdia pra eles." E o sr. Otis disse, "Bom, eu acho que não, mas em todo caso cuide bem dele, e não esqueça de mandar notícias". E meu Deus, como eu chorei quando ovi tudo e todos falando desse jeito. Meu Deus, como eu chorei quando pegaro o meu pobre vô e colocaro ele no carro como se fosse um cachorro atropelado no banco de trás pra levá ele pro *hospital*. Como eu chorei. A tia Gastonia fechô a porta do quarto do vô, e *ele* nunca fechava aquela porta, nunca tinha fechado em cem ano. O medo terrível fez eu me senti tão mal que tive vontade de me atirá no chão e cavá um buraco pra me escondê, porque eu nunca tinha visto nada além daquela casa com o meu vô dês do dia que eu tinha nascido, e de repente me arrastaro pra longe da casa e o meu vô morreu e eu não tinha como evitá morrê tamém. Meu Deus, eu lembrei do que ele tinho dito sobre a cerca e Deus, e sobre o sr. Otis e os meus pé molhado, e lembrei dele dum jeito muito recente e ao meso tempo muito distante, e chorei, e dexei todo mundo envergonhado.

3

A casa da tia Gastonia

Bom, me levaro pela estrada pra casa da tia Gastonia, e era uma grande casa toda arrebentada porque eles ero em onze, doze pessoa morando lá, dês das criança piquena até o vô Jelkey que fica o tempo intero sentado dende casa todo velho e cego. Não é nem um poco paricido com a casa do vô. É cheio de janela pra tudo quanto é lado e tem tamém uma chaminé, e a varanda dá a volta na casa e tem várias cadera, e tem casca de melancia e areia nas tauba então não dá pra rolá dum lado pro otro. Eu nunca tinha visto tantas mosca dês do dia que eu tinha nascido como eu vi naquela casa. Não, eu não quero ficá aqui. Tem árvore no pátio, e uma cerejera e um balanço, mas são seis, sete criança se amontoando e gritando e os porco não são tão bom que nem os porco do vô, não meso. Eu nunca tinha visto nada tão aborrecido. Não, eu não quero ficá aqui. Não tenho lugar pra dormi de noite a não sê numa cama com três, quatro garoto, e eu não consigo dormi com um monte de cotovelo na minha cara.

O vô Jelkey, aquele home me assusta porque ele diz "Traz o garoto aqui", e aí me levo até ele, e ele me segura pelos braço e me olha com um baita olhão amarelo mas não aponta ele direito para mim, coitado, e olha reto por cima da minha cabeça e não enxerga nada. A otra vista já era, o olho se afundô pra denda cabeça dele. Ele não tem olho, o vô Jelkey. Ele me segurô com força e me machucô, e disse "Esse é o garoto. Bom, não priciso tocá no garoto mais que uma vez por dia". E a tia Gastonia corre e me tira pra longe. "Por que você qué rogá praga pro garoto quando já rogô praga sete vez pra todo mundo nessa casa? Não é culpa dele o que o pai dele fez com os seus olho, ele é só uma criança." E o vô Jelkey, ele gritô, "Eu vô tocá esse garoto sete vez antes dele morrê, e ninguém vai me impedi". "Não vai nada", a tia Gastonia gritô, e o tio Sim que é o marido da tia Gastonia teve que levá a tia Gastonia pra rua, e eu, eu tive que corrê e me escondê no pátio, porque eu tava com medo que o vô Jelkey esticasse a mão e me tocasse otra vez. Não sinhor, eu não gosto da casa da tia Gastonia, não meso.

O vô Jelkey fica sentado no canto igual a uma serpente comendo com o prato no colo e todos os otro come na mesa, e o vô Jelkey ove todo mundo falando e pergunta "É você, garoto?" e ele tá falando de mim. Eu me escondo atrás da tia Gastonia. "Vem sentá comigo, garoto, pra eu podê tocá em você mais uma vez! Assim só vão faltá mais quatro, e depois você vai tê que se havê com a maldição." "Não repare no que ele fala", a tia Gastonia diz pra mim. O tio Sim não diz nada, e tamém nunca olha pra mim, e eu fico muito assustado e muito doente, bom, eu não acho que eu teria vivido muito tempo na casa da tia Gastonia antes de morrê no bosque de miséria e tristeza. A tia Gastonia diz que fiquei doente e emagreci cinco quilo, que tô fraco e com uma cara terrível e que passo o dia intero com a cara enfiada na terra. "Pra que chorá na terra, menino", ela me pergunta, "e acabá com a cara cheia de barro desse jeito?" Ela tem que limpá o barro. Mas a tia Gastonia, nem sempre era ela, era tamém o vô Jelkey e o tio Simeon, e todas criança jogavo areia em mim. E *ninguém* nunca me levava pra vê o vô no hospital. "Meu Deus, tenho que pará de chorá desse jeito."

O vô Jelkey, ele estendeu a mão até a janela e me pegô e me machucô e eu me estabaquei no chão, e ele gritô, e disse, "Agora peguei o menino e toquei nele pela segunda vez!" – E depois ele disse, depois ele disse "Três! – quatro! –" e a tia Gastonia me puxô com tanta força que eu caí no chão. "Eu vi o sinal quando estendi a mão pra tocá nele", o vô Jelkey gritô, "e agora só falta otras três vez". A tia Gastonia desatô a chorá e caiu da cama e começô a se contorcê toda e não sei o que mais e todas criança correro até a estrada pra chamá o tio Sim que tava no campo com a mula, e ele veio correndo pela estrada. Meu Deus, e aí o velho vô Jelkey foi até a varanda me procurando e estendeu os braço, beleza, e aí ele veio direto pronde eu tava como se não fosse cego, mas de repente tropeçô e gritô, caiu e se machucô. Todo mundo disse Ah! O tio Sim ajudô ele a se levantá e levô ele pra casa e pôs ele na cama, e o velho ofegando o tempo intero. O tio Simeon, ele disse pro meu primo me levá pra rua, e aí eu e o meu primo fomo pra rua, e ovimo o tio Sim e a tia Gastonia gritando um com o otro.

"Pra que você qué tê aqui em casa um minino amaldiçoado, muler estúpida?", o tio Sim gritô. E a tia Gastonia, ela não parava de rezá, "Ah, meu Deus, ele é apenas uma criança que não fez mal nenhum pra ninguém, por que Deus ia derramá vergonha e destruição sobre a cabeça dum cordero inocente, duma criança piquena?" "Eu não tenho nada que vê com o que Deus decide", o tio Sim gritô. A tia Gastonia disse, "Meu Deus, o sangue dele é o meu sangue, e o sangue da minha irmã é o meu sangue, ah, Sinhor Jesus, nos salve do pecado, salve o meu marido do pecado, salve o meu sogro do pecado, salve os meus filho do pecado, e, Deus, querido Deus, salve EU, Gastonia Jelkey, do pecado". O tio Sim, ele foi até a varanda e me olhou com os olho preto, e depois saiu andando, porque a tia Gastonia passô o resto da noite rezando e *ele* não tinha mais nada a dizê. O vô Jelkey adormeceu.

Bom o meu primo mais velho desceu a estrada comigo e me mostrô a CIDADE um poco mais além, porque sabia que eu tava arrasado. Ele disse, "Hoje é noide sábado, todo mundo enche a cara e vai pra CIDADE *curti*, é o que todo mundo faz". Eu perguntei, "Como assim *curti*?". Ele disse, "Garoto, eles têm música e cantorias de *jamboree* e dança e toda essas parada. É isso aí, eu já vi uma dessas noide sábado, tinha churrasco de porco e o pai da familha virava as garrafa como se" – e aí ele jogô a cabeça pra trás, o meu primo, e ele tem uma cabeçona enorme, sacomé, e aí me mostrô e disse, "Urruuuu!". E aí ele começô a pulá dum lado pro otro se segurando com os braço, e disse, "Essa é a dança. Mas você não pode ir pro *jamboree* porque você foi amaldiçoado". E aí eu e o meu primo descemo pela estrada mais um poco, e de repente vimo todas luz da CIDADE que eu nunca tinha visto antes, e nos sentamo na maciera e ficamo vendo tudo aquilo. Mas eu tava tão triste que nem aquilo serviu pra me animá muito. Meu Deus, o que me importa aquela velha cidade?

Bom, o meu primo foi prum lado e eu fui pro otro, e eu subi pelo bosque e desci a encosta até a loja do sr. Dunaston pra ovi um poco mais de música no rádio. E depois, pode crê, eu desci a estrada até a casa do vô. Tava tudo vazio e queto, bom, ninguém sabe mas eu tava preste a morrê e encontrá minha morte na terra. O velho cachorro uivava na porta do vô, mas *ele* não mora mais lá, e eu não moro mais lá tamém, ninguém mais mora lá, e o cachorro uiva com toda a alma.

Bom, o vô viu Deus atravessá a cerca cem ano atrás, e agora ele vai morrê no hospital e não vai mais vê cerca nenhuma nunca mais. Eu pergunto a Deus, "Por que Deus fez uma coisa dessas com o vô?"

Não lembro de mais nada a respeito da casa da tia Gastonia ou das coisa que acontecero lá.

4

Meu irmão vem me buscá

Um minino como eu não tem lugar pra dormi a não sê que fique onde tá, e eu com certeza não quiria mais ficá na casa da tia Gastonia, mas não tinha otro lugar pra dormi a não sê na casa daquela pobre muler, então eu atravessei otra vez o bosque escuro, sim sinhor e lá está ela, a tia Gastonia, me esperando com a lamparina a óleo na cozinha. "Dorme, minino", ela diz pra mim, e dum jeito tão carinhoso que eu sinto vontade de deitá a cabeça no colo dela e dormi, como eu fazia no colo da minha mãe quando eu era piqueno, antes dela morrê. "A tia Gastonia vai cuidá de você não importa o que aconteça", ela disse, e fez cafuné na minha cabeça, e eu dormi.

Bom, já passei dois, três, sete dia de cama e choveu o tempo intero e a tia Gastonia me deu mingau com açúcar e esquentô couve pra mim. O vô Jelkey ficava sentado no otro lado da casa dizendo "Tragam o garoto pra mim", mas ninguém me levava pra ele nem dizia pra ele onde eu tava, e a tia Gastonia mandô todo mundo ficá queto. O vô Jelkey pegô o meu primo pela janela como tinha feito comigo e disse, "Não, acho que esse não é o garoto". E o meu primo gritô que nem eu tinha gritado.

Dormi por dois dia e não acordei a não sê pra dormi otra vez, e a tia Gastonia mandô o meu primo chamá o sr. Otis, mas o sr. Otis tinha ido pro NORTE. "E pra onde ele foi no NORTE?", ela perguntô pro meu primo, e o meu primo disse, "Ora ele simplesmente foi pro NORTE". "Mas pra que parte do NORTE ele foi?" e o meu primo disse, "Ora, ele foi pra VIRGÍNIA DO NORTE". A pobre tia Gastonia inclinô a cabeça pra frente sem sabê o que fazê.

Então o sr. Otis tinha ido embora, e a tia Gastonia rezava por mim e trazia a sra. Jones pra rezá por mim tamém.

O tio Sim, uma vez ele olhô pra mim e disse pra tia Gastonia, "Parece que o minino tá preste a segui o vô dele", e ela olhô pro teto e disse, "Amém, o mundo não é digno desse cordeirinho, que Jesus salve a alma dele". "Bom", disse o tio Sim, "parece que seria uma boca a menos pra alimentá", e ela gritô "Jeová, afasta meu esposo do caminho do pecado". "Cala essa boca, muler, não é hora de falá sobre pecado e ele não vai trazê fogo pra nossa larera, porque a plantação de tabaco foi amaldiçoada, oça bem, as praga começaro a comê as folha dês que esse minino apareceu por aqui." E saiu furioso porta afora.

Bom, esse foi o discurso mais longo que eu ovi aquele home fazê.

Numa manhã de sábado eu tava na cama e O O O P A! de repente todo mundo começô a falá e a gritá do lado de fora da casa num volume tão alto que eu tentei vê e espichei a cabeça mas não consigui vê nada. Todo mundo foi até a varanda. Bom, eu botei a cabeça de volta para dendo quarto porque eu tava doente. Bom, quem cês acho que entrô pela porta, com todas criança sorrindo atrás?

Se não era o meu irmão, diacho, e ele tinha mudado um bocado dês que tinha dexado eu e o vô pra trás, eu não sabia dizê ao certo *quem* era aquele home na porta porque ele tinha um chapeuzinho redondo na cabeça com um botãozinho em cima, e uns cabelo estranho que descio do quexo, e tava magro e esbelto e alto, e tamém com uma cara de arrependido. Ele não parô mais de ri quando me viu, e foi até a cama pra me abraçá, e me olhô bem no olho, "Aqui tá ele", ele disse, mas não tava falando com ninguém, porque ele tava falando sozinho, e sorriu, e eu, a minha surpresa foi tão grande que eu não falei nada. Bom, sacomé, a minha surpresa foi tão grande que eu sentei na cama.

E as criança tavo tudo sorrindo, mas a tia Gastonia, ela tava muito preocupada, tadinha, e ficava olhando por cima do ombro por medo que o tio Sim de repente subisse a estrada, porque ele não ia gostá nem um poco de vê o meu irmão, pelo menos eu acho que não. "Olha aqui, John, por onde você andô e o que veio fazê aqui?", ela perguntô pro meu irmão, e ele disse “Veja só”, e pulou e fez os passo mais engraçado que eu já vi em toda minha vida pela casa, e eu ri, e as criança riro comigo, e o vô Jelkey, ele se levantô e disse, “Do que todo mundo tá rindo?”.

“Eu vim buscá o sr. Pic, sinhora, pra levá ele no meu *tapete mágico* rumo ao NORTE pra CIDADE DE NOVA YORK, vossa majestade”, ele disse, e se curvou dum jeito muito cômico e tirô o chapéu cômico e mostrô a cabeça pra todo mundo. Eu e as criança, a gente começô a ri otra vez e cês nem imagino quanta era nossa alegria e nossa facerice. “Quem tá falando?”, o vô Jelkey disse, e ele perguntô, “Por que as criança tão tudo rindo desse jeito?” Mas ninguém disse pra ele.

“A troco de quê você apareceu aqui?”, a tia Gastonia perguntô, e ele enfiô o chapéu debaxo do braço e disse, “Ora, eu vim buscá o meu irmão, é a troco disso que eu vim”, e ele não perdeu mais tempo, e as criança tiritavo na ponta dos pé, porque querio ri mais um poco, mas de repente os adulto ficaro tudo solene.

Eu, bom, foi uma manhã excelente, eu me levantei e pulei na cama com os meus pé, e olha, eu recuperei meu fôlego e me senti ótimo. Urru!

“Não meso”, a tia Gastonia disse pra ele, e ele respondeu “Sim sinhora, por que a sinhora tá dizendo que não?” “Por quê?”, a tia Gastonia perguntô, “Você chega aqui do nada e diz que qué levá esse minino doente pra longe do único lugar onde ele tem um telhado?"

"Essa casa não é dele, tia Gastonia", ele disse, e a tia Gastonia se levantô e berrô, "*Não me venha* com essa de tia Gastonia, as pessoa tudo sabe que você não é ninguém e nunca fez nada além de bebê e arrastá os pé ao longo da estrada noite após noite e depois simplesmente foi embora quando as pessoa mais pricisavo de você. Sai daqui, sai daqui."

"Quem tá em casa?", o vô Jelkey gritô e começô a se agitá e a puxá os braço da cadera e a olhá dum lado pro otro. Bom, sacomé, eu e as criança paramo de ri.

"Sinhora", o meu irmão disse, "não fale assim comigo", e a tia Gastonia gritô, "não me venha com sinhora, e não me apareça aqui querendo levá esse minino da minha casa pra colocá ele no mau caminho que você aprendeu a trilhá com o seu pai. É ISSO MESO", ela berrô, "você é igualzinho ao seu pai e a todos os *Jackson.*"

Bom, eu entendi tudo a respeito da minha vida naquele instante. "Quem é o home que tá nessa casa?", o vô Jelkey perguntô aos grito, e ele tava furioso como eu nunca tinha visto aquele velho cego antes. De repente ele se levantô e pegô a bengala na mão. Bom, nessa mesa hora o tio Sim apareceu na varanda, e quando viu o meu irmão dende casa os olho dele se arregalaro como se fosse dois ovo de galinha, assim meso, branco e redondo e duro. E ele disse com uma voz mansa e um jeito estranho, "Você não tem nada que tá nessa casa, criatura, e você sabe disso". Ele não deu as costa mas enfiô a mão por trás da porta e pegô a velha pá que ficava guardada lá. "Sai daqui." A tia Gastonia tava preste a gritá, mas ainda não tinha gritado, e todo mundo ficô à espera do que podia acontecê.

5

Um poco de arguificação

Bom, sacomé, o meu irmão não ficô com medo do sr. Sim nem da velha pá grande, mas disse, "Eu não vô pegá essa cadera aqui pra batê com ela em ninguém, nem vô matá ninguém porque vim aqui na paz e no sossego, mas eu vô segurá essa cadera enquanto o sinhor tivé segurando essa pá, sr. Jelkey", e ele ficô segurando a cadera que nem um domador de leão. Os olho dele ficaro vermelho e ele não tava gostando nem um poco daquela história. O tio Sim, ele olhô pro meu irmão, depois olhô pra tia Gastonia e perguntô, "O que ele tá fazendo aqui, você pode me explicá?".

E ela explicô. E ele disse, "Cala essa boca, muler", e se virô pro meu irmão e disse, "*Vamo*, sai logo daqui" enquanto apontava pra porta.

"Pega ele, Sim!", o vô Jelkey berrô, e ele se levantô da cadera mais uma vez e agarrô a bengala, e gritô, "Bate nele com essa bengala, rapaz."

"Alguém dê um jeito de fazê esse velho sentá", disse o tio Sim, mas a tia Gastonia começô a gritá e a falá sobre mim, porque ela não queria que eu fosse embora com o meu irmão, e ela disse, "Não, Sim, não, o minino tá doente e com fome e gripado e tudo quanto é coisa ruim no mundo vai acontecê com ele e ele vai virá um home mau, um pecador ao lado desse rapaz, e Deus vai largá todo esse peso sobre a minha alma como se fosse os ferro quente do inferno e da perdição, e na tua alma tamém, e nessa casa", e ela disse tudo isso chorando que dava pena, pra me mostrá, e em seguida me abraçô e me escondeu de todo mundo e me encheu de bejo. Urru!

"Pic, veste as tuas ropa", o meu irmão disse pra mim, e tio Sim largô a pá, e o meu irmão colocô a cadera de volta no chão, e a tia Gastonia chorô e chorô enquanto me segurava, coitada, e eu não consiguia me mexê um centímetro que fosse de tão triste que eu tava de vê tudo acabá mal daquele jeito. Bom, o tio Sim, ele pegô a tia Gastonia e tirô ela pra longe de mim, e o meu irmão encontrô a minha camisa e me fez vesti ela enquanto a tia Gastonia gritava. Meu Deus, eu achei os meus sapato e encontrei meu chapéu furado e tava pronto pra ir embora, e o meu irmão me pegô na garupa e a gente saiu pela porta.

Bom, e o que cês acho que aconteceu? De repente o carrão do sr. Otis chegô voando baxo e ele desceu e bateu na porta, e olhô lá pra dentro e perguntô, "Bom, o que que está acontecendo?" e olhô pra todo mundo e ajeitô o chapéu na cabeça.

Bom, todo mundo tava falando ao meso tempo. A tia Gastonia, ela arguificô tanto, e explicô falando tão alto que ninguém mais consiguia ovi o que tava acontecendo, e o sr. Otis oviu ela e olhô pra todo mundo em absoluto silêncio e não disse nada. Bom, o meu irmão me colocô no chão porque não dava pra ficá comigo na garupa enquanto todo mundo berrava, e o sr. Otis pegô o meu pulso e, escute bem, ele virô o meu olho pra cima e olhô lá dentro, como tinha feito com o vô, e depois se afastô e me olhô de longe e disse, "Bom, parece que o Pic tá curado. Mas será que vocês podem explicar tudo mais uma vez pra mim?", e, depois que a tia Gastonia explicô, ele balançô a cabeça sei, aham, sei, aham, ele disse, "Bom, eu não quero me intrometer na vida de vocês mas eu acho que eu estava certo quando disse que não seria boa ideia trazer o garoto pra cá, senhora, e continuo achando que ele não pode continuar aqui." Ele olhô pro tio Sim enquanto falava, e o tio Sim disse, "É isso meso, e eu nem espero, sr. Otis, porque ele não causô nada além de problema dês que ele chegô". Aí o sr. Otis foi cumprimentar o vô Jelkey e o vô Jelkey disse, "Pra mim é um grande prazer ovi sua voz otra vez, sr. Otis", e ficô lá com um sorriso largo que ia de orelha a orelha porque o sr. Otis tava fazendo uma visita.

E aí o sr. Otis disse, "Sinto que eu devo ao avô desse menino dar a ele uma boa educação", e se virô pro meu irmão, e eu não acho que ele gostasse mais do meu irmão do que as otras pessoa, porque ele disse, balançando a cabeça, "E não me parece que você possa dar uma boa educação ao menino tampoco. Você tem um *trabalho* no norte?".

"Sim, sinhor, eu tenho um trabalho", o meu irmão disse, e ele fez uma cara séria e colocô o chapéu debaxo do braço otra vez, mas o sr. Otis pareceu não concordá muito, e disse, "Bom, e essas são as únicas roupas que você tem para viajar?" e todo mundo olhô pras ropas do meu irmão, que não ero grande coisa, e o sr. Otis disse, "Tudo que você tem é uma jaqueta do Exército, e as suas calças têm furos nos lados, e de qualquer jeito não são bem do seu tamanho porque estão sobrando nas pernas e descem até os tornozelos então não vejo como você poderia tirá-las, e você está usando uma camisa vermelha que não foi lavada e botas de soldado já um tanto desgastadas, sem falar na *boina* que você tem na cabeça, então como você espera que eu acredite que você tem um trabalho quando faz uma viagem de volta pra casa vestido desse jeito?"

"Escuta, sinhor", o meu irmão disse, "essa é a *moda* em NOVA YORK", mas a resposta não serviu nem um poco para o sr. Otis, e ele perguntô, "Com essa barba e tudo mais? Bom, eu acabo de voltar de Nova York e não tenho nenhuma vergonha de dizer que foi a primeira vez que fui pra lá, e que não acho que seja um lugar bom pras pessoas, sejam elas brancas ou pretas. Não vejo nenhum problema se você quiser tomar conta do seu irmão em casa, porque afinal a casa do avô de vocês está DE PÉ e você pode arranjar um emprego EM CASA tão bem como em qualquer otro lugar."

"Bom, sinhor", o meu irmão disse, "eu tenho uma esposa em Nova York", e o sr. Otis perguntô depressa, "Ela trabalha?" e o meu irmão demorô um poco pra respondê, mas no fim disse "Trabalha, sim", e o sr. Otis perguntô, "Bom, mas então quem vai cuidar do menino durante o dia?" e o meu irmão ficô com os olho cheio de sangue otra vez porque não consiguia pensá em mais nada o que dizê. Bom, cês sabe, eu tava cruzando os dedo porque fiquei muito feliz quando eu e meu irmão saímo por aquela porta, e de repente eu tava me sentindo preso naquela velha casa otra vez.

"Ele vai pra *escola* durante o dia", o meu irmão disse, e encarô o sr. Otis com um olhar que paricia ao meso tempo surpreso e farto daquele assunto, e o sr. Otis, ele abriu um sorriso e disse, "Bom, não tenho dúvida quanto às suas intenções, mas quem vai cuidar do menino quando ele tiver que voltar da escola no meio do *tráfego* de NOVA YORK? Quem vai ajudá-lo a atravessar a rua naquela cidade sem coração, quem vai cuidar para que não seja atropelado por um caminhão e essas coisa todas? E onde o menino vai respirar *ar puro*? E onde vai fazer amigos decentes que não andem com facas e revólveres aos catorze anos? Eu nunca vi *nada* parecido desde o dia em que eu nasci. Eu não gostaria que o menino levasse uma vida dessas, e não acho que o avô dele ia querer tampoco, nem mesmo agora que está no fim da vida, e eu só estou fazendo isso porque é um favor que devo a um velho amigo que me ensinou a pescar quando eu ainda batia nos joelhos dele. Bom", ele disse olhando pra tia Gastonia e soltando um suspiro, "a única coisa a fazer é manter o menino numa casa direita até que tenha idade suficiente pra decidir sozinho." Aí ele puxô uma caderneta do casaco, e destampô uma caneta fina, e escreveu com umas letra muito bonita lá dentro. "Amanhã de manhã eu vou aparecer e cuidar de tudo que for necessário, e enquanto isso o garoto pode ficar aqui", ele disse pra tia Gastonia, "porque eu tenho certeza que a senhora vai cuidar pra que tudo esteja como deve estar." É, e o sr. Otis falô assim meso, com esse jeito elegante e agradável.

Mas pra mim não foi nem um poco agradável, porque eu não queria ficá na casa da tia Gastonia nem por mais um minuto, nem por mais uma noite, nem por mais um tempo qualquer, e nem ir pruma CASA DIREITA como o sr. Otis tinha dito, nem tamém vê o meu irmão ir embora sozinho e triste pela estrada como ele foi. Bom, de vez em quando ele olhava pra trás, o pobre do meu irmão, e levantava poera devagar com as BOTA DO EXÉRCITO, e os filho da tia Gastonia siguiro ele durante um pedaço porque querio vê ele fazê aqueles passo engraçado e se curvá mais uma vez que nem ele tinha feito dende casa, mas ele não fez nada disso. O sr. Otis ficô na varanda conversando com o tio Sim até o meu irmão entrá na floresta, e aí o sr. Otis entrô no carrão dele e foi embora.

Bem, bem, e lá tava eu.

6

SAIO PELA JANELA

Quando a noite caiu todo mundo foi pra cama, e eu fiquei na cama com meus três priminho e não consiguia dormi, e disse pra mim meso, “Ah, o que vai acontecê agora?” e eu tava cansado de tudo e não consiguia mais chorá nem fazê mais nada. Tudo que eu queria tava dando errado e não tinha nada que eu pudesse fazê. Meu Deus, foi uma noite muito ruim e muito longa!

Bom, o que aconteceu depois foi que eu tava dormindo e de repente acordei e ovi os cachorro latindo no pátio, e o tio Sim abriu a janela do quarto dele e gritô “Cala essa boca!”, e a tia Gastonia disse, “Por que os cachorro tão ladrando?”.

E o tio Sim olhô e disse, “Tem um gato preto naquela árvore lá” e depois voltô a dormi. E a tia Gastonia disse, “Gato preto, vá pra longe da minha porta” e fez o sinal da cruz e tamém voltô a dormi.

E aí eu ovi o meu priminho Willis que tava dormindo no lado da janela dizê, "Quem tá aí?" e eu ovi, bem baxinho, um "Psst" e olhei. Urruuuu, era o meu irmão na janela, e eu e o Willis passamo por cima do piqueno Henry, e colocamo os nosso nariz contra a tela, e depois o Jonas, ele veio tamém e colocô o nariz dele contra a tela. "Foi o home que fez a dança!", o piqueno Willis disse, e ele disse "Hihihi", mas o meu irmão colocô o dedo na frente da boca e disse "Psst!". Todo mundo apurô o ovido pra vê se a tia Gastonia ou o tio Sim fazio barulho, e o vô Jelkey tava dormindo no canto, mas todo mundo continuô dormindo e roncando, e os cachorro continuaro a uivá então ninguém oviu nada tamém.

"O que o sinhor veio fazê aqui, Sinhor Dançarino?", perguntô o piqueno Willis, e o Jonas disse "Hmm?" e o piqueno Henry acordô e disse, "*Sai de cima da minha perna*!" com um grito e todo mundo se jogô de volta pra baxo das coberta e o meu irmão se abaxô pra não aparecê na janela. Bom, sacomé, eu cheguei a prendê a respiração. Mas ninguém acordô.

Todo mundo voltô devagarinho até a janela.

"Você vai fazê aqueles passo engraçado otra vez?", o Jonas perguntô, e o piqueno Henry acordô e viu quem tava na janela e esfregô os olho e perguntô, "Cê-vai-zê-os-pas-tra-vez"? porque ele sempre repete o que o Jonas diz. Meu irmão disse "Psst!" e o piqueno Henry colocô o dedo na boca e se virô e me deu um *cutucão*, sabe, como se fosse o meu pé, e de repente todo mundo olhô de novo pro meu irmão.

"Hoje eu vim buscá o Pic", o meu irmão disse por entre as mão, "mas amanhã ou no ano que vem eu volto e danço pra todos vocês e trago cinquenta centavo pra cada um, tá bem?"

"Por que você não qué dançá agora?", o piqueno Willis perguntô, e o Jonas disse, "Só um poquinho" e o piqueno Henry disse "Só-u-po-quim", e o meu irmão colocô a cabeça pro lado e olhô pra todo mundo e disse, "Bom, eu acho meso que o Céu existe", e depois falô, "Pic, te veste sem fazê barulho enquanto eu danço presse pessoal aqui" e eu me vesti depressa e o meu irmão ele fez uns passo discreto e dançô no jardim com a luz do luar e as criança ficaro tudo assistindo com uns baita sorriso de satisfação nas cara. Bom, cê nunca viu uma dança como a que ele fez na luz do luar, e nem as criança tamém nunca tinho visto nada paricido.

"*Cala essa boca*!", o tio Sim gritô do otro lado da casa, e eu vô dizê uma coisa, todo mundo se abaxô tão depressa que ninguém viu os otro se escondê. Mas o tio Sim tava falando com os cachorro, coitado.

E aí todo mundo se levantô de novo otra vez.

O meu irmão abriu a tela da janela e disse "Psst" e se inclinô pra dentro, e o Jonas disse "Pst" e o piqueno Henry disse "P" e eu me agarrei no pescoço do meu irmão e saí primero com a cabeça e depois com os pé e diacho, que um raio caia na minha cabeça se eu de repente não tava no pátio no meio da noite escura preste a ir embora.

"Vambora", o meu irmão disse, e ele me pegô nas costa como tinha feito de tarde, e a gente se virô e olhô pras criança na janela, e elas tavo com um olhar triste como se tivesse preste a chorá, sacomé, mas o meu irmão entende dessas coisa, e ele disse, "Não chorem, criançada, porque eu e o Pic vamo voltá amanhã ou no ano que vem e a gente vai se diverti muito junto e podemo descê até o córrego e pescá, e comê doce, e jogá beisebol, e contá história uns pros otros, e subi na árvore e *assustá* as pessoa que passo lá embaxo e toda essas coisa *incrível*, é só cês esperá um poco, tá bem?"

"Sim sinhor", o Jonas disse, e o piqueno Henry disse, "Sissor", e o piqueno Willis disse "Aham" e aí eu e o meu irmão fomo embora, a gente atravessô o pátio e a cerca e entramo no bosque sem fazê nenhum barulho. Urru! A gente tinha consiguido.

7

A GENTE CHEGA NA CIDADE

Vô, aquela noite tava muito escura porque a lua ficô encoberta pelas nuve assim que eu e o mano chegamo no bosque, e aquela lua não passava duma bananinha de lua que brilhava fraca e franzina quando aparecia em meio às nuve. Tamém ficô frio, e eu tava quase tremendo. Achei que uma tempestade tava se armando pra me aquecê, porque pocas vez eu me senti tão bem como quando a gente se pôs a caminho. Paricia que eu tinha esquecido de fazê alguma coisa, ou então de pegá alguma coisa da casa da tia Gastonia, mas eu sabia que não era nada disso e que tudo não passava dum sonho. Meu Deus por que eu havia de sonhá uma coisa daquelas e me entristecê naquele lugar? A gente atravessô o bosque e a escuridão mais além, de repente ovimo o *trem*, mas ele inda tava longe porque eu e o mano só ovia quando o vento soprava, e a gente ovia aquele *longo apito* desaparecendo aos poco, como se ele tivesse à espera de chegá nas montanha. Nossa!

Tava muito frio, estranho e escuro. Mas o meu irmão não deu a mínima.

Me carregô pelo bosque durante um tempo, depois me botô no chão e disse, “Ufa! Garoto, eu não vô podê te levá nas costa até Nova York” e a gente saiu andando junto até chegá no milharal, e aí ele disse, “Tem certeza que cê já pode caminhá depois de tê passado doente como cê teve?” e eu disse “Sim sinhor, eu sô apenas um minino” e continuei andando.

Meu irmão disse, “A primera coisa que eu quero fazê é arranjá um casaco pra você” e aí ele disse “Sobe aqui, garoto”, e me botô otra vez nas costa e olhô ao redor com o rabo do olho. “Pic, escuta bem o que eu vô te dizê”, ele disse, “cê tem certeza bissoluta que qué vim comigo?” e eu disse “Sim, sinhor.”

“Por que cê fica me chamando de *sinhor* quando sabe que eu sô teu irmão?”

“Sim, sinhor”, eu disse, mas aí eu me dei conta e disse, “Sim, sinhor irmão” e depois eu não sabia mais o que dizê. Bom, acho que eu fiquei com medo porque eu não sabia direito praonde a gente tava indo nem o que podia acontecê quando a gente chegasse caso a gente chegasse, e não me paricia certo fazê perguntas ao meu irmão que me buscô e me dexô tão alegre e contente que só vendo.

“Pic, me escuta”, ele disse, “a gente tá indo pra casa e eu quero que cê me chame de *Slim* que nem todo mundo, tá?”

Eu disse “Sim, sinhor Slim”, mas aí eu me dei conta mais uma vez e disse “Tá legal, Slim”.

"Muito bem!", ele disse, dando risada. "E agora me diz uma coisa, cê viu aquele gato preto na árvore do Jelkey que todos cachorro tavo latindo pra ele? Fui eu que troxe ele pra cá pros cachorro não prestá atenção em mim, e cê viu como deu certo e como aquele velho gato preto nos deu sorte? Opa, cuidado!", o Slim disse pruma árvore, e se disviô dela, e se escondeu atrás dela, e latiu pra ela, e fez "Ffft!" que nem um gato, e nós demo umas boa risada junto. *Esse* era o jeito dele, vô.

"Pobrezinho", ele disse, e deu um suspiro, e me botô um poco mais alto nas costa, "Acho que cê tem medo das coisa como qualqué otro home crescido. É como diz na Bíblia – fugitivo e vagabundo serás na terra. Cê mal completô onze ano e já sabia dessas coisa, pelo que tá me parecendo. Bom, eu vim pra que você seja um vagabundo direito", e a gente continuô andando e vimo as luz da cidade mais à frente, e ele não disse nada. E aí continuamo com o pé na estrada.

"Eu vô te dizê praonde a gente tá indo", meu irmão disse como se tivesse lendo os meus pensamento e vendo todas as minhas dúvida, e aí ele disse, "Assim a gente vai se entendê melhor e sê ainda mais amigo um do otro nesse mundo. Quando eu tive notícia do nosso vô eu sabia de todos problema e de toda vergonha que io caí em cima da tua cabeça, Pic, e eu falei com a Sheila, essa é a minha esposa, e agora ela vai sê a tua mãe, e ela concordô e disse – Vai lá buscá esse pobre minino. Enfim", ele disse, "você logo vai vê como a Sheila é uma muler incrível. E aí eu vim pro

Sul te buscá porque eu sô a única familha que você inda tem, e você é a única familha que eu inda tenho, garoto. Cê sabe por que o sr. Otis deu pro vô Jackson aquele barraco e aquele terreno onde cê nasceu? – E por que o sr. Otis quis te ajudá hoje?"

"Não, sinhor Slim", eu disse, e a verdade era que eu quiria sabê.

"Porque o teu vô nasceu *escravo* e o vô do sr. Otis era o dono dele, e garanto que cê não sabia disso, sabia?"

"Não, sinhor Slim, ninguém nunca me contô nada dessa história", eu disse, e tive a impressão que uma vez eu já tinha ovido as pessoa falá sobre escravos, e aquilo troxe lembranças, sacomé.

"O sr. Otis é um bom sujeito", o meu irmão disse, "e sente que tem o dever de ajudá os preto de vez em quando, e tem um jeito de querê ajudá que é bom pra ele mas *não pra mim*, e além do mais tem boa intenção. Todo mundo tem boa intenção, mas às vez elas acabo dando até pena, especialmente no caso da tia Gastonia, coitada. O tio Sim Jelkey não é má pessoa, mas ele é pobre e não pode sustentá Pics vagabundos de jeito nenhum. No fundo do coração ele não odeia ninguém. O vô Jelkey é um pobre velho loco – e eu não sei se eu meso tamém não seria loco se eu tivesse passado pelo que ele passô. Em seguida eu te conto. Bom, eu não quiria te vê num *orfanato* que nem o sr. Otis quiria te mandá pra um hoje. E cê sabe por que a tia Gastonia te acolheu mas os home da casa não querio sabê de ti?"

Bom, essa história eu quiria ovi, então eu disse, "Por quê?".

"Porque o teu pai, Alpha Jackson, que foi meu pai tanto quanto teu, cegô o vô Jelkey numa briga terrível há uns dez ano atrás e não sobrô nada além de sangue ruim entre as duas familha. A tia Gastonia, ela é irmã da tua mãe e tratô a tua mãe com amor pela vida intera, e cuidô dela até o fim, quando o nosso pai terminô de cumpri uma pena de cinco ano de trabalho forçado, três deles no Dismal Swamp, mas nunca voltô pra ela."

"Praonde ele foi?" eu perguntei ao meu irmão, e tentei lembrá do rosto do meu pai, mas não consigui.

"Ninguém sabe", o meu irmão disse, e ele continuô a caminhá emburrado, e disse "Carinha, o teu pai era um cara *descontrolado* e *mau* e isso é tudo que cê tem que sabê a respeito de quem ele foi, ou é, independente de tá vivo ou morto e onde qué que esteja AGORA. A tua mãe morreu há tempo, coitada, e ninguém culpô ela por tê enloquecido e morrido. Garoto", o meu irmão disse pra mim, virando a cabeça pra me vê melhor, "a gente veio da *escuridão*." Ele disse aquilo com o meso jeito emburrado de antes.

Bom, a gente continuô andando e com o pé na estrada mais nivelada e mais agradável que eu já tinha visto em toda minha vida, e ela tinha postes brancos nos dois lado com umas joiazinha que brilhavo no ponto onde a estrada atravessa o córrego, com uma linha branca pintada no meio e tudo mais. Bom! Mais adiante tava cheio das luz da cidade, e de repente aparecero três ou quatro carro um atrás do otro andando bem depressa, vupt, vupt, vupt.

“Bom”, o meu irmão disse, “cê ainda qué vim comigo?”

“Sim sinhor, Slim, eu com certeza quero ir contigo!”

“Garoto”, ele disse, “nós vamo pegá a boa e velha estrada ATÉ LÁ. Que os otro se cuide, porque aqui vamos nós!”, e não tinha mais ninguém quando ele disse isso, mas lá fomo nós pulando pela estrada em frente a duas ou três casa, os dois com uma sensação maravilhosa, e o meu irmão disse “A gente chegô à periferia da cidade” e balançô os braço e disse “Iirru!”, e foi saltitando dum lado pro otro.

A gente passô por uma velha casa branca do tamanho do bosque que tinha mais atrás, e a casa tinha postes brancos e uma varanda muito agradável de vê bem na frente, e um monte de janela enorme até a parte dos fundo, e luzes que brilhavo nas janela e iluminavo aquele jardim lindo, e o meu irmão disse “Lá fica a antiga casa do general Clay Tucker Jefferson Davis Calhoun um herói reformado da Décima Sétima Brigada Divisional Regimental da União Confederada que levô um tiro no pé no tendão tibular do lado esquerdo e por isso teve a condecoração da Estrela Dourada da Honra Púrpura espetada na lapela pelo Congresso e hoje tá lá com cem ano dendaquela biblioteca escrevendo as Memórias imemoriais da Batalha de Shiloh em Gettysburg na Enfumaçada

Appamatoxburg, urru!" e ele continuou falando assim sobre tudo, não tava nem aí.

E mais uma vez a gente foi pulando em frente a uma casa qualqué, e depois uma otra casa qualqué, e depois um monte de casa qualqué, e depois elas ficaro um poco menos qualqué e cheia duma cor vermelha que nem pedra e dumas luz acesa em tudo que era canto. Urru! Eu nunca tinha visto tanta luz, nem tantos poste, nem tantas janela, nem tanta gente caminhando por estradas tão niveladas e tão bonitas. "Essa é a cidade", o meu irmão me disse, e bom, sacomé, eu fiquei com a impressão de que eu já tinha visto aquela CIDADE muito tempo atrás com a minha mãe num carro, quando a gente foi no cinema uma vez só que eu era piqueno e não tinha como lembrá dessas coisa. E de repente eu tava otra vez na cidade, só que eu já era grande e tava andando *mundo afora* com o meu irmão. Bom, tudo parecia bem interessante de ficá olhando.

Aí a gente dobrô num lugar velho e escuro e o meu irmão disse "Me espera nesse beco enquanto eu busco uns sanduíche pra gente comê no ônibus" e ele me tirô das costa porque tava cansado, e pegô a minha mão e a gente continuô andando. Aí a gente chegô ao fim do beco, que dava bem numa estrada toda acesa e iluminada, mas o beco ficava numa sombra onde era preu esperá. "Naquele lugar eles vendem galinha", ele disse. "Eu vô atravessá a rua bem depressa, e não dexa ninguém te vê pra caso os Jelkey tenho acordado e mandado alguém atrás de você, oviu bem? Fica bem quetinho aí", ele disse, e me empurrô contra o muro de tijolo, e aí ele *atravessô a rua.*

Bom, lá tava eu com as costa escorada naquele muro, e eu olhei pro céu entre ele e o otro muro, e pra todo lado que eu virasse a orelha eu ovia carros, e gente falando, e um monte de barulho e de música, e vô te contá, era o barulho de todo mundo fazendo *tudo ao meso tempo* com as mão e os pé e a voz, simples assim. Eu nunca tinha ovido coisa paricida chegá até os meus ovido no campo, a não sê pela água do córrego à noite, chuá, chuá, e ela paricia sempre alegre e facera. Fiquei parado escutando, e tive a impressão que *todo mundo* tava fazendo alguma coisa, menos eu. Do otro lado da rua ficava o lugar onde vendio galinha, e não era nada além de um velho lugar onde vende galinha todo estropiado, mas tinha uma luz forte dentro com uns home sentado na frente duma mesa comprida, e eles tavo comendo um prato com um chero *tão bom* que a minha boca se encheu d'água na mesa hora. Lá tinha música de rádio tamém, e do otro lado da rua eu pude ovi em alto e bom som o home cantá "*Where you been hiding baby, been looking everywhere, how come you treat me mean, can't you see I care?*". Bom, era uma bela música de rádio, a melhor que eu já tinha ovido, e saía duma baita caxa vermelha com umas luz vermelha e amarela girando ao redor. Acima da porta tinha uma roda girando num cartaz, e um poco mais atrás dava pra ovi um barulho ao longe que soava como se fosse uma roda um poco maior girando. Bom, acho que foi a *roda do mundo* que eu ovi. Não foi, vô? Ah, eu tava bem contente.

Disse pra mim meso, "Eu só vô dá mais dois passo à frente nesse *beco*", e dei uns passo adiante com as costa inda colada no muro e pude vê um poco mais da rua. Urru! Aquilo era muito agradável e muito bonito.

E aí o meu irmão saiu do lugar onde vendio galinha com uma sacola de papel na mão, e junto veio um bando de home pela rua, e eles viro ele e gritaro, "Ei, Slim, o que cê tá fazendo longe de NOVA YORK?". E ele gritô, "Olá Harry, olá sr. Tenor de Vermelho, e olá Joe Fumacento! O que cês tão fazendo por aí?" e eles dissero, "Ah, matando tempo, sacomé". E ele disse, "Fazia tempo que cês não aparecio" e eles dissero "Ah, a gente aparece de vez em quando. Mas diz aí, que bigodinho é esse no teu quexo?". E o meu irmão disse, "Ah, só quero me diverti um poco, sacomé", e eles dissero "Bom a gente se vê por aí" e saíro pela rua e todo mundo disse até mais.

Não priciso dizê que eu gostei da cidade e que eu nunca tinha imaginado que ela era tão agitada.

Eu e o meu irmão descemo o beco e voltamo pra periferia e zanzamo feliz da vida porque a gente comeu uns daqueles sanduíche e porque o meu irmão disse que a gente ia esperá o *ônibus* no *cruzamento*, e o ônibus ia chegá a qualqué momento, e quando a gente entrasse no ônibus eu não ia mais sinti frio, e nem ele, "O ponto de ônibus não é um bom lugar pra gente hoje, garoto", ele me disse, e depois falô

"Mas, enfim, quem se importa, acho que dá tudo na mesa quando cê acredita em Deus como eu acredito, então diga, Cê tá me ovindo, Deus?".

E a gente sentô nas trave branca cheia de botão reluzente e esperô por uma ou duas meia hora, não lembro direito.

E aí o ônibus chegô. Ele veio todo bonito e todo grandalhão pela estrada, e tinha uma placa dizendo "WASHINGTON" em cima, e o home que tava dirigindo baxô a velocidade antes de pará pra nós, mas passô reto como se NUNCA fosse pará, cuspindo areia e vento e um chero quente na minha cara, mas depois parô um poco mais adiante só pra nós, e a gente teve que corrê. Bom, quando eu vi aquela máquina enorme eu disse pra mim meso "Não tem *ninguém* que saiba pronde eu tô indo nessa coisa mas a partir de agora o meu irmão vai cuidá de mim".

E eu nunca mais vi a tia Gastonia.

8

O ÔNIBUS VAI PRO NORTE

Vô, eu não vô falá muito sobre o ônibus porque tinha um monte de coisa acontecendo em NOVA YORK, e eu não tinha a menor ideia a respeito da cidade naquele ônibus, e simplesmente fiquei pasmo, sacomé.

Bom, eu e o mano pagamo o home com dinhero, depois passamo no corredor por entre as pessoa nos banco e todo mundo olhô pra gente e a gente olhô pra todo mundo, e a gente sentô no sofá mais do fundo, não era um sofá muito macio, e a gente ficô lá sentado olhando pra frente por cima das cabeça de todo mundo e tamém pro motorista, e ele desligô a luz e acelerô o ônibus, e a gente foi cada vez mais rápido com dois farol velho iluminando o caminho. O mano dormiu bem em seguida, mas eu fiquei acordado. Acho que saímo da *Carolina do Norte* em uma meia hora ou duas, porque a estrada trocô de preta pra marrom e nos dois lado eu de repente parei de vê as casa e comecei a vê só uns matagal. Acho que era só um velho bosque sem casa nenhuma, e escuro? e preto? e tamém solene? Era o *bosque* que a tia Gastonia rezava prele quando ela rezava em voz alta.

E aí começô a caí uma chuva nos matagal, e a estrada ficô molhada e solitária por todo o caminho.

Era muito assustante vê aquilo e eu me senti feliz de tá num ônibus cheio de otras pessoa.

Passei a noite intera olhando pras otras pessoa, mas a maioria tava dormindo nas cadera e além disso tava escuro demais pra enxergá direito, e eu tentei vê, mas não adiantô. Eu com certeza não quiria dormi naquela noite.

Eu disse pra mim meso, "Pic, você tá indo pra *Nova York* agora, e é uma coisa e tanto, não?" e me orgulheci de mim meso e me senti bem.

E fiquei todo sonolento e estranho nos meus olho porque eu dormia por volta daquela hora em casa, e tamém na casa da tia Gastonia, então quando eu vi eu simplesmente tinha que dormi, e foi o que eu fiz naquela noite.

Quando a manhã chegô eu olhei e vi onde eu tava, no *ônibus*, e não acreditei, e eu disse pra mim meso "Era por isso que eu tava me sacudindo desse jeito". E eu olhei pro mano, e ele inda tava dormindo e tava com todo o sofá do fundo pra ele e todo esparramado e tranquilo, e eu gostei de vê ele dormindo porque eu sabia que ele divia de tá cansado. E eu olhei pra rua.

Eu nunca tinha visto nada tão grandioso e forte e poderoso, mas desde então eu já vi coisas mais grande e mais poderosa até a *Califórnia.* Vô te contá, o que eu vi naquela hora foi pra mim como a primera vez que eu vi o *mundo.* Era um rio enorme com árvore nas duas margem e corria uma quantidade enorme d'água por mais ou menos um quilômetro e meio, e depois ela se espalhava toda e acho que desaguava no *mar.* Bem ao longe numa encosta tinha um casarão branco e antigo com postes na varanda que nem eu tinha visto na noite anterior, uma *casa antiga* de um general heroico reformado de Appamatoxburg como o mano tinha dito, e na otra margem do rio eu vi um telhado grandioso e terrível, todo redondo e branco igual a uma xícara virada de ponta-cabeça, com umas arvorezinha minúscula ao longe e uns telhadinho piqueno abaxo e ao redor. O home da frente disse pra esposa, "Aquele é o domo do Capitólio, querida" e apontô, e assim eu descobri o que era aquilo. E uma brisa suave e mansa soprava da terra pro rio, e fazia tudo ondulá e pulá na água, quanta tranquillidade! O sol batia no grandioso domo do Capitólio e tamém batia em cheio num estandarte que tava amarrado num mastro vermelho lá no alto, e fazia ele brilhá tamém. Todo esse cenário que eu falei se revelô durante a noite intera, e a gente tava com o ônibus no meio daquilo tudo, porque *nunca* existiu uma cidade tão branca e tão grandiosa daquele jeito, e o mano acordô e disse "Essa é a cidade de *Washington* a capital da nação onde o presidente dos Estados Unidos da América e todo mundo fica", e ele esfregô os olho, e eu olhei e vi que mais uma vez tinha otro monte de coisa em Washington porque eu ovi todo o barulho da cidade quando o ônibus diminuiu a velocidade no semáforo vermelho do rio e eu enfiei a cabeça pra fora da janela pra olhá. Bom, eu nunca tinha visto um céu tão grande nem tantas nuves tão bonitas e solenes como as que passavo por Washington a capital dos Estados Unidos naquela manhã.

Depois eu não consigui dormi muito, vô. Tava muito quente na cidade de Washington quando a gente parô e teve que trocá prum otro ônibus que dizia NOVA YORK em cima, lotado. Todas pessoa do mundo fizero uma fila no ônibus pra Nova York, e depois ficaro tudo suando lá dentro. Eu não consiguia mais durmi a não sê no braço do meu irmão e tinha que ficá sentado com as costa reta no sofá dos fundo e baxá a cabeça dum jeito muito incômodo, e o ombro do mano tava demais de quente. O motorista que dirigia o ônibus gritô "Próxima parada Baltimore", mas depois saiu pra fazê otra coisa e só voltô depois dum tempo enorme. Bom, eu quiria tá de volta naquele ônibus NOTURNO em meio à NATUREZA. Tinha uns bebê chorando por tudo quanto era canto do ônibus, e acho que devio de tá se sentindo mal que nem eu. Eu olhei pra rua e tudo que eu vi foi uma parede dum lado, e otra parede do otro lado, e o sol batendo no teto, e nossa! O calor era tanto que eu cheguei a senti um enjoo. Eu disse pra mim meso "Por que ninguém abre uma janela aqui dentro?" e olhei em volta e todo mundo tava suando mas não fazia nada pra abri a janela. E eu disse pro Slim "Vamo abri uma janela ou a gente vai morrê". E o Slim puxô a alavanca e forçô a janela, mas não consiguiu abri nem uma fresta. "Pfui!" ele disse. "Esse deve de sê um desses *ônibus* novo e *climatizado*. Pfui!", o Slim disse, "vamo, ônibus, vamo soprá um poco de ar aqui pra dentro." E um home lá na frente se virô e olhô pra nós, e aí *ele* tentô abri a janela *dele* mas ela nem se mexeu, e o home continuô suando e xingô a janela. Depois veio um home enorme que paricia um soldado e estendeu a mão e deu um belo puxão na janela mas ela nem se mexeu. E aí todo mundo simplesmente olhô pra frente e continuô suando.

Bom, o motorista que tava dirigindo o ônibus voltô e viu o Slim empurrando a janela e disse "Por favor deixe as janelas em paz, esse ônibus é climatizado" e ele ligô um botão lá na frente quando deu a partida no ônibus e vô te contá, o ar mais fresco que você pode imaginá começô a se espalhá por todo aquele ônibus, a única coisa foi que todo mundo se *resfriô* no instante seguinte e o meu suor esfriô que paricia água gelada. E aí o Slim, ele cutucô a janela mais uma vez pra dexá entrá um poco de *ar quente*, mas não consiguiu, e a gente olhô pela janela praqueles lindos campos verdes, e o Slim disse que aquele lugar era Maryland, e disse que queria tá sentado na grama tomando sol. Acho que todo mundo tava sentindo a mesa coisa.

Vô, esse negócio de viajá não é a coisa mais simples nem a coisa mais agradável do mundo mas a gente vê umas coisa bem interessante e não olha mais pra trás.

Quando a gente chegô na *Filadélfia* as pessoa descero e eu e o Slim arranjamo um assento novo bem na frente do ônibus colado no vidro do motorista, e compramo refrigerante gelado de laranja e não existe coisa melhor quando cê tá enjoado. Aí o Slim disse "A gente pode sentá aqui na frente agora porque a gente já atravessô a linha Mason Dixie", e eu perguntei pra ele que linha era essa, e ele me explicô que era a linha da lei pro *Jim Crow*, e quando eu perguntei pra ele quem era o Jim Crow ele disse "Esse é você, garoto".

"Não sô Jim Crow nenhum", eu disse pra ele, "caso cê não saiba o meu nome é Pictorial Jackson."

"Ah", disse o Slim, "é meso? Bom, eu não sabia, não. Olha aqui Jim", ele disse, "cê não conhece a lei que diz que cê não pode sentá na frente do ônibus quando ele tá abaxo da linha Mason Dixie?"

"Por que cê tá me chamando de Jim?"

"Ora, Jim!" ele disse, estalando a língua pra mim. "Qué dizê que cê não conhece essa linha?"

"Que linha?", eu disse. "Não vi linha nenhuma."

"Como?", ele disse. "A gente acabô de cruzá a linha aqui em Maryland! Cê não viu o Mason e o Dixie segurando a linha na estrada?"

"Bom", eu disse, "a gente atravessô por cima ou por baxo da linha?" e eu tentei me lembrá mas simplesmente não consigui. "Bom", eu disse, "eu devia tá dormindo."

E o Slim riu, e puxô os meus cabelo, e deu um tapa no joelho dele. "Jim, assim cê acaba comigo!"

"Que jeito tinha essa linha?", eu perguntei, porque eu ainda não tinha idade suficente pra entendê que era uma piada, sabe? Bom, o Slim disse que não sabia que jeito tinha a linha Mason Dixie e que tamém na verdade nunca tinha visto ela.

"Mas essa linha existe, o único detalhe é que ela não existe no chão, e tamém não existe no ar, mas só na cabeça do Mason e do Dixie, como todas otras linha, as linha das frontera, as linha dos país, dos paralelo trinta e oito e as linha da cortina na Europa de ferro são tudo um monte de coisa imaginária na cabeça das pessoa e não têm nada a vê com o chão."

Vô, o Slim disse tudo isso bem calmo, e aí parô de me chamá de Jim, e disse pra ele meso "Sim sinhor, é isso aí."

O motorista que tava dirigindo o ônibus voltô e disse "Todos a postos para a viagem a NOVA YORK" e como eu já disse quando falei sobre *viajá* e não olhá mais pra trás, a gente andô *pra frente*. Urru! Bem à frente tava a estrada pra Nova York, e todo o tráfego dos carro, cortando pra tudo quanto era lado, vapt-vupt, mas o motorista que tava dirigindo o ônibus se acomodô no assento e começô a guiá o ônibus sem mexê nenhum musclo olhando reto pra frente e fazendo aquela máquina enorme andá pra frente o mais depressa possível. Quando alguém saía duma rua lateral e nos via chegando perto, simplesmente paravo na mesa hora e nos dexavo passá. O motorista que tava dirigindo o ônibus quiria a estrada intera pra ele, não tava *nem aí.* Os otros tamém não tavo nem aí porque eles mal esperavo a gente passá e já saío voando dum lado pro otro assim que a gente passava. Acho que aquele ônibus não ia pará *nunca* nem que alguém morresse no caminho, e assim meso cê não ia encontrá os pedaço se morresse, e não ia podê procurá os pedaço antes do próximo condado. Vô, cê nunca viu ninguém dirigi dum jeito tão sossegado nem uma gente tão discreta como aquelas pessoa, tenho certeza. Vô te dizê uma coisa, eu não consiguia nem olhá.

O Slim, ele dormiu otra vez e a cabeça dele caiu nos meus braço que nem a minha tinha caído nos braço dele em Washington, e dormiu com os olho fechado bem na frente da janela e lá tava o fiel motorista que dirigia o ônibus levando ele por toda aquela estrada. O Slim não sentia medo nenhum, e não se assustava dormindo nem acordado. Bom, eu amei ele demais naquele instante, e disse pra mim meso, "Pic, cê não tinha nada que tê se assustado onte à noite quando ele apareceu pra te levá pelo bosque e disse que não era pra você tê medo. E agora, Pic, chegô a hora de você crescê pro Slim. Cê já *não é mais* um minino do campo."

E aí eu olhei pra rua, e a gente tava seguindo pro norte rumo a NOVA YORK naquele ônibus enorme.

9

A primera noite em Nova York

Agora eu vô te contá tudo que aconteceu em Nova York e tudo aconteceu tão rápido que eu mal tive tempo de vê que jeito Nova York tinha. Sacomé, acho que a gente chegô em Nova York em 29 de maio e três dia depois a gente já tava com as mala feita e o pé na estrada otra vez, então por aí cê já pode vê como as pessoa vive em Nova York e tamém como a gente viveu.

Quando eu vi Nova York daquele ônibus, e o Slim me cutucou no assento e disse "Chegamo em Nova York" e eu olhei e vi que o sol tava *bem* vermelho, eu olhei de novo e esfreguei os olho pra acordá, porque vô, a gente tava atravessando uma baita ponte com um enorme cenário de telhados e era só eu olhá pra baxo que eu via as criança brincando entre as casa lá embaxo, o Slim disse que aquilo inda não era Nova York, que era a HOBOKEN SKYWAY, e apontô mais pra frente pra me mostrá Nova York. Ao longe eu mal consigui vê um monte de parede e de coruchéu, bem longe e tudo anuviado pela fumaça. E aí eu olhei ao redor, e vô, aquelas foro as maior e as mais tremenda rua e construção que eu já vi, e tamém tinha pontes e ferrovias, e um monte de barco e de água, e coisas enormes que o Slim me disse que ero *tanques de gás*, e muros, e ferros-velhos, e linhas de força, e no meio de tudo um velho pântano cheio de grama verde e alta e óleo amarelo na água, e umas balsa enferrujada ao longo da marge. Era uma visão que eu nunca tinha sonhado em vê. E de repente apareceu mais de tudo aquilo quando dobramo na ponte, e tudo era tão enfumaçado e tremendo e paricia tão longe que eu não consiguia vê nem um pontinho que fosse sem vê mais otras coisa empilhada atrás no meio da névoa e da fumaça. Mas, bom, vô, inda não acabô: – Eu te disse que o sol era vermelho, e isso era porque o sol tava espiando por um buraco enorme que tinha nas nuve do Céu, e ele tava estendendo aqueles dedo luminoso e comprido pra tudo quanto era lado, e o lugar intero paricia rosado e bonito como se o próprio Deus tivesse descido pela fumaça pra vê o mundo. Bom, poco antes de acordá me pareceu que todo mundo em Nova York tinha acendido as luz, e eu achei que tava escuro, porque toda aquelas luz que acendero paricio fraca e estranha na luz vermelha do sol e praonde qué que eu olhasse eu via aquelas pobre luz queimando eletricidade pra nada, nas rua e nos beco, nos muro, no alto das ponte, brilhando dum lado num tronco de madeira e do otro na água rosada, e elas tremio e chacoalhavo como se tudo fosse uma grande foguera que as pessoa tivesse acendido no campo antes do sol se pôr e que inda não tivesse arranjado a coragem pra apagá ainda, porque sabio que o dia de verdade inda ia demorá um bocado. Bom, e aí quando eu me dei conta o sol tava roxo e azul e dexô só uma borda de fogo ao redor da nuve, e ficô quase escuro.

E o Slim disse, "Ah é maio otra vez. Eu queria ir *pralgum lugar* hoje à noite" e eu disse "A gente não vai pra lugar nenhum?".

E ele disse, "Eu quis dizê um lugar onde os rapaz e as garota se diverte tudo junto. Nunca vi nem encontrei um lugar assim dês do dia que eu nasci. É nisso que os rapaz tão pensando agora".

"Que rapaz são esses?", eu disse, e ele apontou pra Nova York e disse, "Os rapaz que tão passando a noite na cadeia." Vô, na última vez eu perguntei se o mano tinha tado na cadeia de Nova York e ele disse que tinha, que uma vez foi *preso* mas não tinha feito nada de errado, o amigo dele que tinha. Ele disse que o amigo continuava na cadeia.

Bom, e agora eu vô te contá como Nova York me pareceu terrível e grandiosa na primera vez que eu vi a cidade, e otras coisa tamém. O ônibus desceu por um túnel e vupt! ele e todo mundo começô a se batê pelas parede, e não tava escuro lá dentro mas *claro* que nem cê gosta e alegre. "A gente tá passando por baxo do rio Hudson", o mano disse, "cê já pensô se o rio de repente quebrasse o túnel e caísse por cima das nossas cabeça?"

Não me atrevi a pensá nisso quando a gente inda tava lá embaxo, e quando saímo na hora eu esqueci de pensá, e acho que a maioria das pessoa é assim meso, né não, vô, até o dia que uma coisa dessas acontece com elas? O ônibus saiu daquele LINCOLN TUNNEL que era como o túnel se chamava, e tinha uma baita luz amarela bem na frente, ninguém a não sê um home andando sozinho pela rua, e eu olhei pra ele e ele olhô pra mim tamém. Bom, acho que aquele home deve de tê pensado "Esse garoto tá vindo pra Nova York pela primera vez e ficô adimirado de vê um home como eu com tantas ocupação e tantas coisa pra fazê em Nova York".

E a gente tava em Nova York, mas a cidade já não paricia mais tão grandiosa quando a gente tava dentro dela porque assim não dava pra vê longe com todo aquele monte de *parede* por tudo quanto era lado. Bom, sacomé, eu olhei pra cima uma vez e depois olhei otra vez e não vi nada além duma cor estranha e marrom no céu acima daquelas parede alta, e eu vi que era por causa que as luz de Nova York pintavo o céu até o alto, e elas ero tão forte que o céu nem precisava de muitas estrela. "Esses são os arranha-céu", o Slim disse quando viu que eu tava olhando pra cima. Bom e aí o ônibus dobrô numa rua enorme. O Slim disse que era a Trinta e Quatro e eu pude vê mais longe e tamém um monte de gente e vô ero tantas luz uma atrás da otra pra cima e pra baxo e tamém nas parede e as luz ero vermelha e azul e todo mundo e todos os carro paricio umas formiga até onde a vista alcançava. Vô, todas pessoa que cê vê por lá, e as coisa que elas faze, e todas rua que cê vê, e a quantidade de lugar que existe, e o tempo intero cê não pode esquecê de todas pessoa e de todas rua que cê não tá vendo, que fico na esquina e naquela rua um poco mais longe e tamém pra todos lado em toda parte, e *no alto* dos arranha-céu, e *abaxo* no metrô – bom, cê tá vendo como é impossível entendê a não sê que a pessoa tenha ido e visto ela mesa.

O ônibus parô, e eu e o Slim descemo e andamo pela rua até o *metrô*, que é um trem que anda num túnel por baxo de Nova York e que todo mundo pega pra ir onde eles quere ir do jeito melhor e mais rápido. "Os ônibus são rápido no campo mas são devagar além da conta *pressa* cidade", o Slim disse. A gente paga o home quando paga a máquina na entrada do portão, e depois a gente entra no trem quando a máquina da porta abre a porta, e depois entra e senta e espera a máquina do trem corrê pelos trilho. E não tem ninguém controlando aquele diacho porque eu olhei e vi que não tinha ninguém dirigindo. E eu *sabia* que a gente tava andando depressa e não dexei o escuro me enganá.

Eu e o mano descemo na rua Cento e Vinte e Cinco no *Harlem*.

"A nossa casa fica na próxima esquina", o Slim me disse, "então cê já pode sabê que a gente chegô." Bom depois a gente subiu pela rua e era tudo tão alegre e tão iluminado quanto a rua Trinta e Quatro, e vô, tinha *mil* rua naquela cidade, e assim dá pra vê como Nova York é diferente do campo enquanto cê anda por lá.

"Fique bem quetinho enquanto eu lavo o teu rosto antes de te apresentá pra Sheila", o Slim disse, e me parô na rua em frente a um borbulhador d'água e esfregô a minha boca com o lenço e uma grande multidão de gente passô e tava uma noite morna e agradável otra vez e sem dúvida eu tava feliz por a gente tá em Nova York. "Slim", eu disse, "eu tô muito feliz por não tá mais na casa da tia Gastonia e não vô mais tê medo." E eu olhei pra rua de onde a gente tinha vindo e disse pra mim meso, "Não, a Carolina do Norte já não tá mais aqui."

"É assim que se fala, rapaz", o Slim disse, "e como tudo tá indo às mil maravilha eu vô comprá um presentinho pra Sheila nessa loja aqui pra gente tê uma primera noite bem agradável todo mundo junto em casa."

E a gente entrô numa *loja de disco* cheia de homes vasculhando as caxa de disco e pulando de um lado pro otro enquanto vasculhavo como se não pudesse esperá um segundo. Não tinha nada além de música e barulho lá dentro, e um monte de home pulando exatamente do meso jeito. Urru, quanta diversão! O Slim, ele começô a vasculhá como todos os otro, e voltô com um disco, e gritô "Olha só o que eu achei!" e correu até o home e jogô uma nota de um dólar prele. Depois a gente dobrô a esquina e foi até uma rua meio escura mas tamém muito alegre e cheia de gente no escuro e correu escada acima por um velho corredor decrépito e bateu na porta e entrô.

Bom, lá tava a Sheila, e eu gostei dela assim que pus meus olho nela. Era uma moça bunita e tava usando óclos de armação vermelha, e uma blusa bunita, e uma saia verde bunita, e pulseras elegantes nos pulso, e quando a gente entrô ela tava no fogão preparando café e lendo o jornal tudo ao meso tempo, e olhô surpresa pra nós.

"Querida!", o Slim gritô, e correu e deu um abraço nela, e deu piruetas com ela, e bejô ela na boca, e disse "Olha só, aquele é o Pic, o teu mais novo filho, mãezinha querida, ele não é uma beleza?"

"Esse é o Pic?" ela perguntô, e veio e pegô minhas mão e olhô no meus olho. "Parece que cê andô tendo uns quantos problema nesses últimos tempos, garoto", ela disse, e eu não entendi como ela podia sabê, mas ela sabia, e eu tentei sorri pra mostrá que eu gostava dela por sê tão legal comigo mas eu tava meio tímido. "Você não vai me dá um sorriso?" ela disse, e eu gelei como um idiota e simplesmente disse, "Uh-huh" e olhei pra otro canto. Droga!

Depois ela disse "Esse minino veio pra cá naquele blusão todo furado? E olha pras meia dele, tamém tão cheia de furo! E as calça tamém, aqui na parte de trás".

"E o meu chapéu tamém", eu disse, mostrando o meu chapéu furado.

Bom, eu peguei ela naquele instante, e ela não sabia se ria ou se fazia uma cara feia, então ela corô e riu. Eu acho, vô, que foi porque um minino que nem eu não tem nada que falá sobre o próprio imbigo quando uma moça já tá fazendo isso por ele, não é meso? Bom, a Sheila era uma pessoa muito boa, eu vi só pelo jeito como ela corô sem nem se importá.

O Slim disse, "Eu vô comprá ropa pra ele amanhã de manhã", e a Sheila disse "Como você pretende comprá ropa sem dinhero?" mas ele simplesmente pôs o disco novo pra tocá na vitrola que ficava no canto e cê tinha que tê visto ele batê as mão e andá dum lado pro otro com os pé e balançá a cabeça e dizê "Onde tá o meu sax hoje à noite? Ah, onde tá o meu sax hoje à noite" várias vez, e depois olhá pra cima e ri, porque ele gosta muito daquela música, e disse "Toca esse negócio, Slopjaw!". Vô, o disco era do Slopjaw Jones e era feito com um saxofone e todo mundo tava gritando e batendo no piano atrás dele, e cê nunca oviu uma pulaçada e uma quebraçada daquele jeito no campo. Parece que as pessoa da cidade quere se diverti e não têm tempo pra se preocupá a não sê quando a preocupação toma conta delas, e isso acontece quando elas não tão ocupada se preocupando.

"Como assim sem dinhero?" o Slim disse, e a Sheila disse, "Eu não gostaria de dá essa notícia pra você e pro Slopjaw, nem pro Pic aqui, mas pegaro e me demitiro do meu trabalho onte porque vão destruí o prédio onde o restaurante ficava na Madison Avenue pra construí um novo prédio comercial."

"Prédio comercial?" o Slim gritô. "Cê disse *prédio comercial*? O que eles quere com um *prédio comercial*? Ninguém pode *comê* num prédio comercial!"

"Cê tá falando bobage", a Sheila disse, e olhô pro Slim com os olho triste. "As pessoa só vão tê que dobrá a esquina pra comê num otro restaurante."

"Mas aí depois vão construí otro prédio comercial *lá tamém* e daí praonde cê vai?" o Slim disse, e em seguida largô um suspiro. "Que porcaria, o que a gente vai fazê agora?" Ele desligô o disco e olhô por toda a cozinha e começô a andá dum lado pro otro lá dentro e a se preocupá. Eu vi naquele instante que o Slim já tinha umas quantas preocupação. O rosto dele foi arrastado pra baxo e os olho dele continuaro olhando reto pra frente e os osso do rosto dele saltaro das bochecha e fizero ele parecê velho. Coitado do Slim, eu nunca esqueci da cara que ele fez naquela hora. "Droga", ele disse, e depois repetiu várias e várias vez, "droga". Depois ele olhô pra Sheila e ela não sabia mas o rosto dele teve um revertério como se fosse uma dor profunda no coração, e ele voltô mais uma vez pra dizê "Droga!" e depois ficô olhando reto pra frente por um tempo muito longo. Meu Deus, meu Deus, o Slim sempre tentava explicá pra mim e pra todas pessoa as coisa que tavo na cabeça dele, o jeito como tinha feito as coisa. "Droga, será que vamo passá necessidade o tempo intero ou um dia vamo consigui ganhá a vida por aqui? Quando os nossos problema vão acabá? Eu tô cansado de sê pobre. Minha esposa tá cansada de sê pobre. Acho que o *mundo intero* tá cansado de sê pobre, porque *eu* tô cansado de sê pobre. Meu Deus do Céu, quem tem um poco de dinhero pra me dá? Sei que *eu* não tenho dinhero nenhum, podem vê" e ele mostrô o bolso vazio.

"Cê não devia tê comprado esse disco", a Sheila disse.

"Bom", ele disse, "eu ainda não sabia. E agora como fica o dinhero que a gente supostamente usa pro sustento da casa? Pra mim taria bom o suficente se eu tivesse um campo onde pudesse plantá minha comida sem precisá de dinhero, e eu não ia *nem querê sabê* quem tinha, e nem desses disco tamém. Mas eu não tenho campo nenhum e preciso de dinhero pra comê. Bom, de onde eu vô tirá esse dinhero? Preciso arranjá um emprego. É, um emprego, tenho que arranjá, eu-ten-qui-ar-ran-já-um-em-pre-go. Sheila", ele gritô, "amanhã a primera coisa que eu vô fazê de manhã vai sê saí e arranjá um emprego. Cê sabe onde eu posso consigui um garantido? Porque eu tô pricisando. E sabe por que eu tô pricisando? Porque eu não tenho dinhero." E ele continuô falando assim, e ficô todo envolvido naquele falatório, e depois voltô a se preocupá mais um poco. "Sheila, espero meso que eu consiga um emprego amanhã."

"Bom", a Sheila disse, "eu tamém vô tê que procurá."

"É difícil arranjá um emprego que cê não possa exercê pela vida intera", o Slim disse, "eu quiria arranjá um emprego num clube tocando um sax tenor pra ganhá a vida assim, e me expressá com esse sax. Mostrá pra todo mundo como eu me sinto com o meu jeito de tocá, e mostrá o quanto eu posso sê feliz e o quanto todo mundo pode. Fazê as pessoa aprendê a aproveitá a vida e fazê o bem na vida e entendê o mundo. Um monte de coisa assim. Às vez tocá uma música a vê com Deus, e a propósito eu sei fazê o meu sax rezá em blues e posso me ajoelhá pra completá esse significado. Tocá dum jeito que mostrasse pra todo mundo que as pessoa têm que dá o melhor de si o tempo intero, e fazê as pessoa *aprendê*. Eu quero sê que nem um professor com o meu sax, que nem um pastor, mas quero mostrá que só um músico pode fazê coisas simples como pegá um sax na mão e soprá pra dentro dele, e apertá as chave com os dedo, e meso assim sê um professor e um pastor no *resultado* do que ele tá fazendo. Eu arranco o meu coração do peito onde qué que eu vá. Já andei por todo esse país, e não gostaro de mim porque eu era preto, mas essas pessoa não cuido da própria vida e não desejo nenhum bem pra mim, mas eu já arranquei meu coração do peito com o meu sax. O sax é o único jeito de fazê as pessoa me escutá. Elas não falo comigo na rua, mas tão disposta a batê palma e a gritá quando eu tô no palco com a banda, e tamém a sorri. Bom, eu devolvo os sorriso, não sô frio com as pessoa nem com nada. Gosto de reagi e correspondê e de tá com as pessoa. Me sinto bem quase o tempo intero e é assim que eu sô. Pelo amor de Deus, eu quero vivê e sê alguém na vida, como se costuma dizê, e tô pronto pra trabalhá se eu pudé trabalhá com o meu sax, porque é assim que eu gosto de trabalhá e eu não sei mexê nas máquina. Bom, pelo menos eu inda não aprendi, e gosto mais do meu sax, ah, se gosto! Eu sô um artista, um artista, que nem Mehoodi Lewin e os colunista de jornal e sei lá quem mais. Tenho um milhão de ideias e sei expressá todas elas com o meu sax, mas tamém não me saio mal expressando elas sem o sax. Sheila", ele disse pra ela, "vamo jantá e dexá essas preocupação tudo pra amanhã. Tô com fome e priciso recuperá minhas força. Serve um poco de fejão aqui pra mim, e depois da janta prepara um almoço pra amanhã ao meio-dia."

"Vou tê que fazê pra mim tamém", a Sheila disse, e depois eles começaro a pensá no que ia acontecê comigo no dia siguinte, e o Slim decidiu que o melhor seria eu ir procurá emprego com ele e assim a gente podia almoçá junto. "Faz um almoço dos grande. Cê tem *pão* aí? Bota qualqué coisa no pão e tá ótimo. Eu quiria tê uma caneca de café. Cê tem uma caneca de café? Thermidor, cê disse? Bom, então *thermidor* é o que vai sê, com um café bem quente. Pic", ele disse pra mim, "a gente ainda nem começô a viajá junto né? Percorremo mais de setecentos quilômetro e já tamo de saída otra vez. Come, que depois a gente tem que dormi pra acordá cedo amanhã. Peguei um blusão velho meu pra você usá amanhã, e um par de meias limpas. Bom, acho que é isso então. Lá vamos nós. Senhoras e senhores, se cuidem! *Se cuidem com esse garoto!*" ele gritou, e depois fechou os olho por um minuto e ficô assim com eles fechado.

Bom, essa foi a nossa primera noite em Nova York, e claro que eu gostei do jantar, a gente ficô sentado na mesa até as dez da noite, conversando e lembrando histórias e a Sheila falô sobre quando ela tinha a minha idade no *Brooklyn* e otras coisa bacana que acontecero enquanto eu me enchia de expectativa cada vez que eu olhava pra fora da janela e via *Nova York*. Eu disse pra mim meso, "Pic, você saiu de casa e veio pra Nova York!"

Eu tive uma bela cama pra dormi a noite intera.

Mas o dia seguinte não foi tão bom quanto essa primera noite.

10

Como o Slim perdeu dois emprego num único dia

Eu nunca vô esquecê daquele dia porque foi muita coisa acontecendo ao meso tempo. Pra começá, eu e o Slim nos levantamo quando o sol nasceu vermelho, e ele cozinhô uns ovo de café pra Sheila podê dormi um poco mais. Vô, não tem nada melhor no mundo do que ovos pro café da manhã porque o seu paladar não trabalhô durante a noite intera e tudo parece tão saboroso e tem um chero tão delicioso de fritura que qualqué um seria capaz de comê o café de todo mundo ao longo duma rua intera sete vez, não é meso? Quando a gente desceu a rua e eu vi todos aqueles home comendo mais ovos de café da manhã na loja da esquina eu desejei que eu pudesse comê todos café da manhã de *Nova York*. Fazia uma manhã fria e inda era seis hora. Eu tava com as minhas meia nova e com o blusão preto do Slim, e a Sheila tinha costurado os buraco das minhas calça, então eu tava pronto. E sabe o que foi a primera coisa que aconteceu? A gente tava na porta e o Slim tava lendo os *classificado de emprego* no jornal, e tava um frio danado, e cortante, e todo mundo apareceu pra pegá a condução até o trabalho tossindo e escarrando e parecia arruinado pelo trabalho em Nova York, e tinha gente lendo os jornal com um jeito totalmente emburrado como se o jornal dissesse justamente o contrário do que as pessoa queria lê, e de repente apareceu um home que conhecia o Slim. "E aí, *professor*", ele disse, e mostrô a palma da mão pro Slim, e o Slim mostrô a palma da mão pra ele, e eles se tocaro assim. "Não me diz que você tá procurando um emprego otra vez", o home disse, e o Slim disse que tava.

"Bom, eu tenho um emprego pra você. Lembra do *Henry*, o meu irmão? Ele ainda não saiu da cama hoje. Acabei de falá com ele. Eu disse, *Henry*, não era pra você tá trabalhando naquela fábrica de biscoito na rua não sei das quanta? E ele se escondeu debaxo do travissero e disse, é, acho que era, aham, mas nem se mexeu. E eu disse, *Henry*, você não vai levantá? *Henry*! E então, *Henry*? E-ei, alô, *Henry*? Ele simplesmente resolveu continuá dormindo", e o amigo do Slim caminhô mais três metro e depois voltô.

"Cê acha que ele vai sê dispidido?", o Slim perguntô curioso, e o home disse, "O *Henry*? Se ele vai sê dispidido?" Aquele diacho de home caminhô mais uma vez e depois voltô. "Você tá falando do *Henry*?" e ele desviô o rosto e balançô a cabeça, e paricia cansado demais pra fazê qualqué otra coisa além de baxá a cabeça. "Claaaro, ele é o *recordista mundial* em perda de empregos! Já foi demitido mais vez do que foi contratado."

"E qual é o endereço desse lugar?" o Slim disse, e o home sabia e deu o endereço pra gente, e fez mais umas piada engraçada e disse "Cuidado com o bicho-papão" quando eu e o Slim saímo pra fábrica do emprego. Bom, ele era legal.

Pegamo o metrô, depois caminhamo por uma rua até o rio e lá tava a fábrica de biscoito. Era uma construção grande e velha com chaminés e várias máquina fazendo uma barulhera lá dentro, e de lá saía um chero doce que nos fez abri um sorriso. "Esse trabalho vai sê dos bom", o Slim disse, "porque esse chero é muito bom", e nós dois subimo a escada pulando e entramo no escritório. O chefe tava ao lado do ponto se perguntando onde tava o *Henry*, eu acho. A gente esperô sentado num banco por meia hora, e no fim o chefe disse que era melhor o Slim começá a trabalhá duma vez porque ninguém ia aparecê. O Slim teve que passá um tempo escrevendo uns papel, e depois pediu pra esperá no parque do otro lado da rua até o meio-dia pra depois ir almoçá com ele. Ele arranjô o emprego assim meso, num tapa.

"A Sheila vai ficá contente", eu disse pra mim meso, e eu tinha certeza.

Esperei a manhã intera naquele parque. Era um parque bem piqueno com uma cerca de ferro e uns arbusto e otras coisa desse tipo, e passei boa parte do tempo olhando prumas otras criança e pensando na vida. Fiz amizade com um minino branco que apareceu no parque com a mãe dele. Ele tava todo arrumado com um terno azul de botão dorado e usava umas meia que io até o joelho e um chapéu vermelho de caçador. Esse minino tinha um jeito muito bonito de falá e de se sentá no banco. A mãe dele ficô lendo um livro no otro banco e deu um sorriso bondoso pra gente.

"O que você está esperando aqui?" o meu amigo me perguntô, e eu disse "O meu irmão trabalha naquela fábrica ali."

Ele disse "Esse seu jeito de falar, você vem do Texas no Oeste?"

"*Texas no Oeste*?" eu disse. "Não, eu não sô de lá, eu sô da Carolina do Norte." "Tem muitos caubóis na Carolina do Norte?" ele perguntô, e eu minti e disse que tinha, e a gente continuô a nossa conversa. Eu gostei muito daquele minino. A gente conversô mais um poco mas logo ele teve que ir embora. A gente tava se preparando pra apostá uma corrida quando ele se foi. Ah, esse minino tinha os cabelo mais loiro e os olho mais azul do mundo, e eu nunca mais vi ele.

Bom, ao meio-dia eu fui até a fábrica e pela janela vi o Slim com uma pá. Tudo que eu pricisei fazê foi me sentá num barril do lado de fora da janela que tava aberta e ficá olhando o Slim até que chegasse a hora da gente comê.

Bom, ele trabalhava tão depressa que nem me viu, e quando viu tudo que pôde fazê foi gritá. O Slim se inclinô pra frente com a pá e cavô num tonel de cobertura, e largô uma pazada numa estera que corria numas roda e levava a cobertura até o otro lado da fábrica. Antes que a cobertura chegasse até um cilindro o Slim achatava ela com as mão, e depois o cilindro transformava tudo aquilo numa camada fina de cobertura, e depois ela era cortada por uma máquina cortante que baxava e fazia os biscoito. O Slim tinha que largá a cobertura com a pá e depois largá a pá e corrê pra usá as mão, então ele não podia pará nem por um segundo porque o cilindro não parava de girá. Uma hora ele assoô o nariz e o home um poco mais adiante disse "Manda pra cá mais desse chocolate" e era nesse ritmo que todo mundo trabalhava e os cilindro cilindravo. O suor que escorria da testa do Slim caía denda cobertura, mas não tinha nada que ele pudesse fazê, ele não tinha tempo pra se secá. Depois um home apareceu com otra carga de cobertura, mas dessa vez era uma cobertura branca e bonita de *baunilha*, e o Slim simplesmente meteu a mesa pá lá dentro pra botá aquilo na estera, tudo manchado de chocolate. Quando ele espalhava a cobertura com as mão ele olhava pra frente e dizia "Ufa!" porque essa era a única chance que tinha pra endireitá as costa e falá sozinho. Aquele era um trabalho duro e eu sabia.

O Slim gritô pra mim "Se eu pará por um segundo os meus braço vão se enrolá em volta do meu pescoço de tanta cãibra!" e voltô correndo pra cobertura. Uma hora ele disse "Ai!" e uma hora ele disse "Ui!" e otra hora eu ovi ele dizê "Deus tenha piedade, nunca mais eu vô comê um biscoito".

Ao meio-dia um apito enorme tocô e todas máquina diminuíro a velocidade e todo mundo foi embora. Mas o Slim, ele simplesmente se escorô numa viga e enxugô a testa e olhô pras mão dele. No instante seguinte a mão direita dele se curvô na direção do pulso, e ele disse que era uma *cãibra.* Depois metade do braço dele se curvô como se ele tivesse mostrando os músculo, mas ele não tava, era mais uma cãibra, e ele empurrô o braço de volta e olhô praquilo, e suspirô, e praguejô.

Bom, ele saiu e a gente comeu o almoço na escada que dava pro escritório no sol quente. "Espero que os meus braço tejo melhor pra hoje de tarde", ele disse, e tava todo emburrado e não falô quase nada, nem quando eu contei pra ele sobre o minino que eu tinha conhecido. Quando deu uma hora o apito tocô mais uma vez e o Slim voltô pro trabalho.

Fiquei olhando otra vez. Bom, sacomé, o coitado não conseguiu segurá a pá quando estendeu a mão de tão duro que os dedo tavo de cãibra. Quando ele fechô os dedo no cabo os braço dele começaro a tremê e já não tinho mais força nenhuma, e ele não conseguia segurá a pá. O home na estera da cobertura gritô "Manda essa baunilha duma vez! Não temo o dia intero". O Slim chamô o chefe e mostrô os braço prele. Os dois balançaro a cabeça pensando a respeito daquilo, porque era uma coisa muito triste, e o Slim tentô mais uma vez segurá a pá e não consiguiu, e o chefe esfregô os braço dele um poco mais, mas o Slim não consiguia mais controlá os braço. Eles tavo vermelho, quente e dolorido. Bom, ele limpô as mão num trapo, e os dois conversaro por um tempo, e depois o Slim saiu do escritório e foi até onde eu tava.

"O que hove?" eu perguntei.

"Não posso mais trabalhá hoje, meus braço não aguento mais." E ele não disse mais nada, e a gente voltô pra casa com o pagamento por uma manhã de trabalho num envelope, $3,50.

A Sheila voltou às cinco, e não tinha arranjado emprego. O Slim contô pra ela o que tinha acontecido e a gente comeu o jantar em silêncio.

Bom, foi a primera vez que eu vi o Slim triste.

"Bom, eu vô dizê uma coisa", ele disse depois do jantar, enquanto mergulhava as mão numa água quente, "Eu não gosto de empregos como esse que eu tive hoje. Não consigo virar a pá depressa o bastante pra acompanhá o ritmo da estera e além do mais eu já fui boxeador. Não gosto de metê as mão numa tina de cobertura. Cê faz os seus biscoitos, gata, ou cê compra eles pronto? Pfui, e *o que* eu ia fazê com um contracheque de trinta e cinco dólar quando só na mercearia a gente gasta uns vinte, e os otros quinze vão pro aluguel? Não posso carregá aquela cobertura dum lado pro otro só porque ninguém tem dinhero pra pagá umas conta extra ou comprá um chapéu, e os meus braço ficaro tão cansado que mais parecio um galho quebrado numa árvore. Não quero reclamá o tempo intero, mas caramba por mais que eu ame o mundo e curta todos dia, e tamém acho que o Pic aqui ama o mundo e tem alegrias inocentes todos dia, e você ama o mundo e se sente bem quando acorda de manhã, simplesmente não é a mesa coisa quando a gente não tem grana e a casa tá no vermelho. Diacho, o jeito é alugá um ropero, e não uma casa."

"Bom, você só tá cansado", disse a Sheila, e ela bejô o Slim na orelha e lançô pra ele um olharzinho de esguelha, e depois foi até o fogão prepará café, eu acho que a Sheila amava o Slim como se fosse a escrava dele. Ele não tinha que fazê nada a não sê ficá lá sentado, e a Sheila amava ele assim meso, e ficava olhando, e nunca passava por ele na casa sem tocá nele ou às vez piscá o olho pra ele.

Bom, foi uma noite meio aborrecida, como cê pode imaginá, mas aconteceu uma otra coisa tamém.

Um home alto e bem-vestido e todo sorridente entrô pela porta e gritô: "Slim, girino velho!" e todo mundo começô a rir e esqueceu de tudo quanto era problema. "Sabe por que eu tô aqui, cara?" o home perguntô, o nome dele era Charley, e o Slim se animô e disse "Não!"

"Isso meso, eu tenho um emprego, mas não é só isso, eu tamém arranjei um *sax* pra você."

"Um sax? Um sax? Meu reino por um sax! Vambora!" e todo mundo desceu a escada até a rua. Um otro home tava no carro onde tava o sax, e o Slim tirô o sax do estojo e mandô vê um poquinho, na calçada meso, e se sentiu o máximo. "Onde vamo tocá?" ele perguntô, e o Charley disse que era no Pink Cat Club. "Tenho que usá um terno?" O Charley disse que com certeza porque o chefe do Pink Cat era muito detalhista com essas coisa e não ia pagá cinco dólares pro Slim se não gostasse dele.

"Bom, *vamo lá* então! Vamo ganhá cinco dólar pra Sheila, baby!", o Slim disse, e aí ele subiu a escada correndo o mais depressa que podia pra buscá o terno. A Sheila tamém se apressô e pôs um vestido bonito e me arrumô um poco, e logo a gente tava indo tudo junto pro Pink Cat Club menos de cinco minuto depois que o Slim tava emburrado e triste. Vô, a vida às vez não é feliz, às vez é feliz, e é sempre assim até o dia que você morre, e você não pode nem sabê por quê, e não pode perguntá pra ninguém a não sê Deus, mas Ele não responde nada, certo? Vô, o Slim e a Sheila tavo tão bonitos naquela noite que eu tive *certeza* que Deus tava do lado deles, e agradeci a Ele. Não tô certo, vô, de rezá quando me sinto alegre e agradecido como eu me senti naquele instante? Bom, foi o que eu fiz.

O home saiu andando com o carro, e todo mundo tava feliz, e começô a chovê mas ninguém deu a mínima, e a gente chegô no clube bem cedo e estacionô na frente enquanto o Slim e os home fumavo um cigarro e jogavo conversa fora. A gente inda tava no *Harlem* umas trinta rua mais acima, e o lugar inda se paricia com o lugar onde a gente morava. A chuva molhô a rua e encheu a cidade de umas luz verde e vermelha linda demais, que nem as Mil e Uma Noite, e tamém fez vários arco-íris. Era uma bela noite pro Slim começá a trabalhá naquele clube, e pra mim e pra Sheila tá perto dele. Bom, a gente se divertiu um bocado naquele carro. O Slim pegô o sax mais uma vez e soprô um "*BAP*" pra testá a nota mais gravosa e depois correu pra cima e pra baxo com as nota média, e encerrô com um "*BIP*" bem agudo e todo mundo riu. "Ai meus dedo", o Slim disse. Esses dois sujeito ero bons sujeitos, o Charley e o otro home, porque os dois ficaro olhando e adimirando o Slim.

"Só uma coisa. Slim", disse o Charley, "esse teu terno parece meio surrado." O terno do Slim era o único terno dele, e era um velho terno azul que tinha o forro branco já aparecendo por baxo dos braço, e tinha tamém um rasgo nas calça que ele não teve tempo de costurá. O Charley disse "Eu sei que esse é o teu único terno mas o Pink Cat é um *cocktail lounge*, sacomé, ninguém mais se dá por satisfeito com um bom e velho *saloon* à moda antiga".

"Bom", o Slim disse com uma risada, "vambora tocá!"

E aí a gente foi todo mundo junto pro Pink Cat Club com ou sem terno, e chegamo na hora ou adiantado ou de qualqué jeito, enfim, sacomé. Bom, inda era cedo. O chefe não tava lá. O palco não tava iluminado. As pessoa tavo bebendo no bar e colocando músicas na *jukebox* e falando em voz baxa.

O Slim correu pro palco e acendeu a luz. "Vem, Charley, toca um poco de piano." O Charley disse que era muito cedo e ficô meio tímido, mas o Slim não quis sabê e arrastô ele pra cima do palco. O Charley disse que os otros rapaz da banda inda não tavo lá mas pro Slim não fez diferença nenhuma. O otro home que tava com a gente, ele era o baterista, e não disse nada, simplesmente sentô atrás do Slim e começô a tocá a bateria e a mascá um chiclete. Bom, quando o Charley viu aquilo ele decidiu sentá na frente do piano e tocá um poco de música tamém.

A Sheila me comprô uma Coca-Cola e me fez sentá num canto pra ficá olhando. Ela ficô bem na frente do Slim enquanto ele começô a tocá a primera música e não saiu de lá enquanto ele não terminô, e ele tocô a primera música intera prela. Ele soprava naquele sax e mexia os dedo magro, e vô ele tirava daquele instrumento os som mais grave e mais bonito, que nem quando você ove um barco em Nova York à noite no rio, ou que nem um trem, só que ele fazia aquilo cantá várias melodia. Ele dexava aquele som trêmulo e triste, e soprava com tanta força que todo o pescoço dele tremia e todas veia saltavo na testa enquanto ele continuava a soprá em frente ao piano, e o otro home roçava a bateria de leve com as vassorinha. E assim eles continuaro. O Slim só tirô os olho da Sheila quando chegô na metade da música, e aí ele se lembrô de mim e olhô pro otro lado do salão e apontô o sax pra mim e tocô dum jeito inda mais bonito pra me mostrá como ele sabia tocá bem meso que as mão dele tivesse machucada e ele não pudesse trabalhá naquela velha fábrica de biscoito. Depois ele apontô o sax otra vez pra Sheila e terminô a música com a cabeça afundada no bocal e o sax apoiado no sapato e ficô assim todo curvado.

Bom, sacomé, todo mundo no bar bateu palma e se entusiasmô, e um home disse "Você mandou bem, garoto" e eu pude ver que eles gostavo mais do Slim e resolvero desligá a *jukebox* a qualqué custo.

A Sheila se sentô perto de mim e lá tava ela, bem ao lado da janela, e eu podia vê as luz bonita na rua molhada e tamém podia vê perfeitamente o bar intero e as pessoa na nossa frente, e tamém o palco. E aí o Slim começô a batê o pé bem depressa e o home da bateria deu uma batida e eles começaro a tocá e a pulá. Urru! O Slim pegô aquele sax e levantô ele e soprô com toda força e começô a mexê a cabeça dum lado pro otro com o maxilar trabalhando duro como ele meso já tinha trabalhado com as mão naquele dia. Quando vi aquilo eu percebi como o Slim era forte, e tamém feito de ferro.

Todo mundo no bar pulô quando oviu ele tocá.

"Vai, vai, vai, vai!", gritava o home atrás do bar e ele pegô o chapéu e ficô segurando na mão e caminhô até ficá na frente de todo mundo todo empolgado. Esse sujeito andava muito depressa, esse sinhor. Bom, ele começô a dançá com a música do Slim.

O Slim, ele tava andando dum lado pro otro no palco sempre na levada daquela música rápida, que mais parecia o ônibus da minha otra história e dava vontade de pulá. Ele carregava aquele sax pra cima e pra baxo enquanto andava prum lado e corria pro otro, e de repente soprô todo o fôlego numa nota longa e aguda, e depois jogô ela lá embaxo "*BAP*" e subiu de novo pro meio, e o home da bateria olhô por entre as baqueta e gritô "Slim, manda vê!" bem assim. O Charley, ele bateu nas tecla do piano com as mão espalmada, *blam*, bem quando o Slim tava recuperando o fôlego, e *blam* mais uma vez quando o Slim voltô. Vô, o Slim tinha mais fôlego que dez home e podia continuá soprando daquele jeito a noite intera. Uau, eu nunca tinha ovido nada paricido, e nem ninguém fazendo música e barulho sozinho daquele jeito! A Sheila, ela ficô lá sentada com um sorriso no rosto olhando pro velho Slim e batendo palma debaxo da mesa no ritmo da bateria. Bom, eu fiz a mesa coisa. Tive vontade de saí dançando naquela hora.

"Vai, vai, vai!" gritô o home com o chapéu e voltô um poco mais pra trás e bateu com a mão no ar e disse "Que coisa sensacional!" no volume duma sirene de neblina por cima de todo aquele barulho. Heh, ele era engraçado.

Bom a essa altura o Slim tava começando a suá porque ninguém queria pará, e ele tamém não queria pará e continuô soprando pra dendaquele sax até o suor escorrê pelo rosto dele igual tinha acontecido com a pá de cobertura naquela manhã. Ah, ele regô todo o palco de suor! Nunca faltava o que tocá e ele ia direto do fim duma música pro início da otra, e tinha dentro dele pelos menos cem ano daquilo. Ah, o Slim tava incrível. Aquela música durô uns vinte minuto e as pessoa do bar foro até a frente do palco e ficaro batendo palma no ritmo da música todas junta numa grande multidão saltitante. Eu podia vê o Slim por cima das cabeça de todo mundo com o rosto todo preto e úmido como se ele tivesse chorando e rindo tudo ao meso tempo, mas os olho dele tavo fechado e ele não via nada mas sabia que as pessoa tavo ali. Ele segurava e empurrava aquele sax como se tivesse lutando pela própria *vida*, e tudo era muito solene e triste. E de vez em quando ele fazia aquele instrumento rir tamém, e todo mundo ria junto. Ah, ele não parava de falá com aquela coisa e de contá histórias várias vez, pra mim, pra Sheila e pra todo mundo. O Slim tinha no coração o que *todo mundo* quiria tê no seu e por isso todo mundo escutava ele, pra tê um poquinho daquilo tamém. A multidão balançava ao sabor da música como as onda do mar, e ele parecia um home invocando uma tempestade naquele mar com o sax. Uma hora ele soltô uma risada que parecia um cavalo relinchando com o sax e depois continuô tocando quando todo mundo gritô pedindo mais, e fez vários otros tipo de coisa com o instrumento até que não soasse mais como um cavalo relinchando mas como uma mula zurrando. Bom, pediro pra ele continuá fazendo aquilo mas ele começô a soltá um assovio comprido e agudo que paricia um apito de cachorro e quase furô os meus ovido, mas depois de um tempo não furô mais e simplesmente ficô lá como se tudo de repente desse uma tontura como a que o Slim devia de tá sentindo ao segurá aquela nota por todo aquele tempo. Aquilo despertô a simpatia de todo mundo antes dele voltá pras nota normal e fazê todo mundo pulá e dá risada otra vez.

Chegô um otro bando de gente e o Slim viu aquelas pessoa e resolveu terminá a música.

Ainda não era hora de tocá. Ele se enxugô com uma toalha da cozinha e a gente se sentô junto num canto, com o Charley e o home da bateria. Um home veio do bar e perguntô pro Slim se ele já tinha tocado com uma banda grande. "Eu já não te vi com o Lionel Hampton ou com o Cootie Williams ou algum desses caras?" O Slim disse que não, e o home disse: "Você tem que tocá com uma banda grande e começá a ganhá dinhero. Você não qué ficá tocando por trocado num lugar como esse por toda a tua vida, com um sax todo remendado. Trate de arranjá um agente."

"Agente?", o Slim perguntô. "É um agente que cê tem que vê pra trabalhá com uma banda?" O Slim ficô surpreso e não sabia nenhuma dessas coisa.

Um outro home apareceu, e riu, e apertô a mão do Slim, e voltô pro bar, assim meso sem falá nada.

Foi assim que elogiaro o Slim e o grande músico que ele era.

Bom, de repente o chefe entrô no salão às nove hora e o resto da banda tava com ele, incluindo o líder, que era o irmão mais velho do Charley, e eles tudo se prepararo pra subi no palco. Mas o grande chefe embecado viu o rasgo no casaco do Slim e disse, "Você não tem um terno melhor do que esse? Não? Será que não pode pegar um emprestado dos garotos aqui?". Todo mundo se olhô e discutiu o assunto e no fim descobriu que só tinha um terno que podio emprestá pra ele, mas esse terno tava em Baltimore.

Bom, Baltimore fica um bocado longe, e o chefe teve que admiti quando pensô a respeito, mas assim meso pareceu não gostá da ideia de vê o Slim tocá com aquele terno arrebentado. Ele ficô todo sem jeito e depois começô a balançá a cabeça, e eu comecei a vê que a chance do Slim consegui ganhá cinco dólar tava indo pelo ralo. O Slim percebeu e começô a discuti com o chefe. Ele disse "Não faz diferença nenhuma, ninguém vai vê, olha só os meus braço vão ficá pra baxo" mostrando a posição.

"Bom", o chefe disse, "eu sei mas tenho um grande público hoje à noite e todo mundo vai usar roupas *chiques* durante a madrugada e isso simplesmente não ficaria bem, entende? Não é só, ah, eh, a *coisa.*" Se você qué sabê o que eu acho, vô, eu acho que o chefe tava querendo economizá aqueles cinco dólar de um jeito ou de otro. Um dos garoto da banda tava doente e o Slim tava substituindo ele por uma noite, e o chefe percebeu que não pricisava de nada nem de ninguém, e não pricisava meso.

Então saímo os três junto, o Slim, a Sheila e eu, pra voltá pra casa, dessa vez a pé, na chuva. E sabe qual foi a primera coisa que o Slim disse? – "Eu não consegui mandá vê tudo que eu podia com aquele sax", e era com isso que ele tava preocupado. A Sheila não disse nada, simplesmente pegô o braço do Slim e continuô andando ao lado dele, curtindo o passeio e parecendo alegre.

Bom, o Slim perguntô pra ela por que ela tava alegre daquele jeito, e ela contô pra ele. Você sabe como eles ero pobre, e sabe das preocupação com dinhero que tinho tido naquele meso dia, com o aluguel vencendo em um dia ou dois como o Slim tinha dito. E você sabe como o Slim já andava falando na Califórnia, e como tava insinuando pra Sheila que os dois talvez devesse ir morá junto lá. Eu não contei essa história, mas ele veio da Califórnia pra casá com ela antes de me buscá, e passô a maior parte do tempo lá dês que saiu da Carolina do Norte ainda na infância. Bom, a Sheila pegô tudo aquilo e enrolô tudo num pacote pro Slim, como se fosse um presente de Natal, e disse "Vamo usá os cem dólar que eu tenho comigo pra ir pra Califórnia. Vô dizê pra minha mãe que a gente pricisa e que não tem otro jeito. No início a gente pode ficá na casa da minha irmã em São Francisco. Depois a gente pode arranjá emprego por lá que nem aqui, eu acho. O que que cê acha?"

"Gata", o Slim disse, "é exatamente o que eu quero fazê."

E foi assim que a gente acabô resolvendo ir pra Califórnia, no dia em que o Slim perdeu dois emprego.

11

Fazendo as mala pra Califórnia

Passamo dois dias interinho fazendo as mala. A mãe da Sheila morava bem na esquina e foi nos visitá três ou quatro vez pra brigá com a Sheila porque ela tava indo pra Califórnia *do nada.*

Parece que a familha da Sheila tinha morado por tanto tempo em Nova York, e com uns emprego tão longos, que nem ao menos acreditavo em atravessá o país daquele jeito, e uma vez tentaro evitá que a irmã da Sheila fosse pra Califórnia, essa era a Zelda, a irmã com quem a gente ia morá por lá. Mas o Slim disse, "As pessoa de Nova York sempre têm medo de se mudá do lugar onde tão. A Califórnia é o lugar pra se morá, não Nova York. Cês nunca oviro aquela música que diz *Californy Here I Come, Open Up That Golden Gate*? Todo aquele sol, toda aquela terra e todas aquelas fruta, e tamém o vinho barato, as pessoa loca, não é muito assustador quando cê não arruma um emprego porque cê pode sempre dá um jeito nem que seja comendo as uva que caem dos caminhão de vinho pela estrada. Em *Nova York* cê não pode juntá uva do chão, nem nozes."

"Mas quem tá falando de juntá uvas e nozes?" gritô a mãe da Sheila. "Eu tô falando de tê um teto pra morá!" Ela era uma muler muito bem ajuizada.

"Na Califórnia cê não precisa porque lá nunca faz frio", disse o Slim, e se riu todo facero. "Ah, lá faz uns dia ensolarado que cê não precisa de *casaco nenhum* durante quase o ano intero, e tamém não pricisa comprá carvão pra aquecê a casa, nem usá galocha nem nada. E cê tamém nunca morre de calor durante o verão ao norte de Frisco ou Oakland ou por otro lugar desses. Eu vô dizê uma coisa – lá é o lugar. Não existe nenhum otro praonde a gente possa ir em todo os Estados Unidos e lá tamém é o último lugar do mapa – depois não existe mais nada além do oceano e da Rússia."

"Mas o que tem de errado com *Nova York*?", a mãe da Sheila perguntô.

"Nada!", o Slim disse apontando pra fora da janela. "O Oceano Atlântico traz uma ventania dos Diabo durante o inverno, e o filho do Diabo leva o vento pelas rua pra que as pessoa congele até morrê nas porta das casa. Deus troxe o sol pra ilha de Manhattan, mas o primo do Diabo não dexa os raio entrá pela sua janela a não sê que cê tenha uma cobertura num prédio com um quilômetro de altura e aí cê não tem coragem de saí pra tomá ar fresco porque fica com medo de caí todo aquele quilômetro até lá embaixo, e meso assim cê precisa do dinhero pra comprá a cobertura. Cê pode até arranjá um emprego, mas provavelmente vai acabá tendo só duas hora pra você depois de um dia de trabalho de oito hora que na verdade são doze depois dos metrô, ônibus, trem elevado, passagem subterrânea, ferry, escada rolante e elevador, sem contá o tempo de espera entre uma coisa e otra, a cidade é *grande* e desesperançosa demais. Mas não, não tem nada de errado com Nova York. Vai até a esquina fazê uma visita pro teu amigo depois da janta, vê se ele tá lá ou se tá a quinze quilômetro de distância morrendo de vontade de te vê. Tenta juntá o pessoal numa noite em que os teus bolso tejo vazio, como todo mundo faz no campo, e assim meso vão achá que cê tem uma arma no bolso."

Era assim que *ele* falava sobre as coisa.

"O futuro dos Estados Unidos sempre vai sê a Califórnia, e tudo sempre vai vim de lá, pra sempre."

"Bom, *vocês* é que não vão vim de lá pra minha casa se tivere quebrado", disse a mãe da Sheila e ela disse isso pra Sheila.

"Mais quebrado do que a gente tá é impossível", a Sheila disse, e a muler que era mãe dela não gostô nem um poco do que oviu.

Bom, eu inda não falei a respeito do dinhero, mas a gente não tinha o suficente pra ir os três de ônibus. A Sheila ia tê o bebê em menos de seis mês então ela teve que pegá sessenta dólar daqueles cem pra ir de ônibus e *comê bem.* Eu e o Slim, a gente ficô com os otros quarenta e uns otros troco que a

Sheila inda tinha, e como o aluguel vencia em dois dias a gente resolveu se mudá, mandá as ropas e os prato em duas mala grande e uma pequena por trem e depois eu e o Slim, com aqueles $48, ia começá a *pedi carona* ao longo da costa na mesa hora, e a comê bem tamém mas a vivê uma *vida de vagabundo* com nossos dedão em riste e dormindo em cama só às vez, mas principalmente em carros e caminhões e tamém em parques durante a tarde.

Tudo me paricia muito razoável e muito bom. Mas eu não sabia que a costa da Califórnia era *tão* longe.

Na última noite as mala tavo tudo feita e pronta pra sê despachada na manhã seguinte e a gente tomô café na cozinha e a casa tava tão vazia que o Slim paricia até um poco triste. "Olha presse lugar onde a gente vinha morando. A gente vai saí daqui, otra pessoa entra e a vida não passa dum sonho. Cê não se lembra do velho mundo frio e cruel quando olha pressa cena? Esse assoalho e essas parede vazia. Parece que a gente nunca morô aqui, e que eu nunca te amei aqui dentro."

"A gente vai tê uma casa nova na Califórnia", a Sheila disse toda alegre.

"O que eu quero é tê uma *casa permanente* onde a gente consiga passá nossa vida numa vizinhança no alto dum morro até que eu envelheça e vire um vovô."

"É o que a gente vai vê", a Sheila disse, "e logo o Pic vai tê um irmãozinho na Califórnia."

"Primero a gente tem que atravessá cinco mil e duzentos quilômetro", o Slim suspirô, e eu lembrei dessas palavra mais tarde. "Cinco mil e duzentos quilômetro", ele disse, "por uma planície, um deserto e três cordilhera de montanha, no meio de toda chuva que resolvê caí do céu. Que Deus nos ajude!" Bom, a gente foi pra cama e dormiu nossa última noite naquela casa, e pela manhã vendemo as cama. "Agora tamo entregue à nossa própia sorte", o Slim disse, e ele tinha razão. De tarde a gente dexô a casa vazia a não ser por uma garrafa de leite, e tamém pelas meia que eu tinha levado comigo dês da Carolina do Norte.

A Sheila tava com a mala dela, e eu e o Slim tinha cada um uma mala com todas nossas coisa. A gente foi pra rodoviária e comprô o bilhete da Sheila e esperô a hora do ônibus dela.

Quando o ônibus tava preste a saí nós três nos sentimo triste e apavorado. "Lá vô eu noite adentro", a Sheila disse quando viu o ônibus que dizia CHICAGO nele. "Vô e provavelmente não volto nunca mais. É como morrê pra ir pra Califórnia – mas lá vô eu." Vô, eu inda não me esqueci desse momento.

"Cê vai revivê quando chegá", o Slim disse com uma risada, e a Sheila disse que era o que ela torcia que acontecesse. "Não dexa nenhum cara mexê contigo nesse ônibus", o Slim disse, "porque cê vai tá sozinha até que eu e o Pic apareça por lá, e eu não sei quando vai sê."

"Eu vô tá esperando você, Slim", e a Sheila começô a chorá. Bom, o Slim não chorô mas ele pareceu que ia chorá quando abraçô ela. Pobrezinha – eu senti pena dela naquela noite, porque eu amava ela muito, que nem o Slim tinha dito que eu ia amá naquela primera noite no bosque. Uma jove mãe que não sabia o que ia acontecê com ela no otro lado do país com todas aquelas noite sozinha pela frente enquanto eu e o Slim não chegasse. É como diz na Bíblia, Fugitivo e vagabundo serás na terra, a única diferença era que ela era uma garota. Eu passei a mão no rosto dela e disse prela nos esperá na Califórnia.

"Tomem cuidado com as carona", ela disse. "Eu inda acho que o Pic é piqueno demais pruma viage tão longa e não me sinto muito bem em relação a isso."

Mas o Slim disse que ia cuidá bem de mim, cuidá do melhor jeito possível, e se *ele* não pudesse fazê aquilo então ninguém mais podia. Era assim que o Slim se sentia, ele tinha confiança e cuidava da gente. Aí ele e a Sheila se bejaro, e depois ela tamém me deu um bejo macio e doce e entrô no ônibus.

"Tchau, Sheila", eu disse, e comecei a abaná, e me senti inda mais sozinho e assustado do que na hora que ela chorô, e tchau, tchau todo mundo tava dando tchau pra todo mundo ao redor do ônibus, e vô essa é a tristeza de viajá tão longe, de tentá vivê e fazê as coisa até o dia que você morrê.

A Sheila foi embora, e eu e o Slim inda tinha que consigui uma carona por toda aquela distância.

A gente caminhô da rodoviária até uma baita rua iluminada que se chama Times Square, e o Slim disse que a gente ia saí no meso lugar por onde a gente tinha entrado, o Lincoln Tunnel, e ele tava torcendo pra que aquele velho buraco nos indicasse o Oeste e não qualqué otro lugar quando a gente saísse lá de dentro. “Primero a gente vai comê nosso Cachorro--Quente Número Um no Times Square”, ele disse.

Foi o que a gente fez, e, vô, eu nunca vô esquecê a noite do Cachorro-Quente Número Um no Times Square, a gente passô mais ou menos uma hora comendo antes de botá o pé na estrada.

12

Times Square e o mistério da televisão

Tinha vários home de pé na esquina da Oitava Avenida com a Quarenta e Dois na frente dum grande banco cinza que tava fechado durante a noite. No meio da rua tava tudo arrebentado por causa duma obra, e os carro passavo devagar pela areia grossa ao longo da calçada. Era uma noite fria pra primavera, mais paricia uma noide outono, e vários papel ero soprado pelo vento e as luz brilhavo pra tudo quanto era lado e cintilavo ao vento como se fosse um monte de olhinhos piscando. Era bonito, e as pessoa tinho que se mexê pra se esquentá, então elas pulavo dum lado pro otro. Eu e o Slim compramo os cachorro-quente e passamo mostarda neles e depois fomo até a esquina vê o que tava acontecendo enquanto a gente esperava eles esfriá um poco.

Meu Deus, divia de tê uns duzentos ou trezentos home naquela rua. A maioria tava ovindo os discurso do Exército da Salvação. Quatro Salvador se revezavo fazendo os discurso, e enquanto um discursava os otro ficavo lá como todas otras pessoa olhando dum lado pro otro na rua e vendo o que mais tava acontecendo. De repente um home de noventa ano com um chapéu branco atravessô a multidão com um pacote nas costa e, quando viu que todo mundo tava ovindo os discurso ele ergueu a mão direita e disse "*Vai gemer pelo homem*" com uma voz alta e clara como uma sirene de neblina ao vento, e continuô andando como se não tivesse um minuto sequé pra pará. "Praonde cê tá indo vovô?", perguntô um home na multidão, e o velho gritô de volta – "*Pra Califórnia*, meu garoto!" – e depois ele desapareceu na esquina com aqueles cabelo branco esvoaçando.

"Bom", o Slim disse, "ele não tá mentindo e aquela é meso a direção do túnel."

Aí em seguida veio a sirene alta duma motocicleta e depois otra, e depois uma tercera, todas gritando junta e escoltando o caminho no meio do tráfego pra uma grande limusine preta com um holofote em cima. Todos os home na esquina pararo pra vê quem tava naquele carro. Eu e o Slim podia tê estendido a mão e tocado nele, de tão perto que a gente tava. A limusine reduziu a velocidade na areia e em seguida acelerô mais uma vez, e um home na multidão gritô "Cuidado com esse barro do Arkansas" e alguns dos home riro porque lá era o barro de Nova York e meso assim não era muito. Bom, não tinha ninguém denda limusine, a não sê três home de chapéu, sacomé.

E aí, vô, uma voz desceu do céu e eu fiquei muito assustado, porque dês do dia que eu nasci eu nunca tinha visto nada paricido com uma voz que desce do céu, mas o Slim disse que era só um balão com um alto-falante que tava descendo no Times Square pra todo mundo vê. Bom, umas pessoa olharo pra cima e não se surpreendero, e eu *sabia* que aqueles nova-iorquino tavo acostumado a vê de tudo. Era um balão bonito, que ficô voando por um bom tempo, e teve que lutá contra o vento, mas assim meso consiguiu mantê o rumo e descê no Times Square. Não tinha muita gente olhando praquilo, o que foi uma pena, já que o balão era muito bonito. Bom, os meus priminho na Carolina terio gostado muito de vê aquilo. Sei que eu gostei. O balão virô contra o vento, se balançô todo e depois continuô flutuando como se fosse uma brisa e se virô otra vez e teve que dá um salto de costa. O melhor de tudo era quando ele errava e voltava a baloná. Eu não consiguia ovi que som aquilo fazia de tanta algazarra que havia ao meu redor.

Várias coisa dessa tavo acontecendo tudo ao meso tempo, e os discursador do Exército da Salvação continuavo a berrá no meio de todo aquele barulho e de toda aquela comoção. Não paravo de dizê que o Sinhor *isso* e o Sinhor *aquilo*, não me lembro direito, a não sê que eles falaro sobre *queimá nos fogo do arrependimento* e depois começaro a falá como se todo mundo fosse um bando de pecador. Bom talvez fosse todo mundo um bando de pecador meso mas não é interessante ovi esse tipo de coisa numa esquina, porque ninguém vai dá um passo à frente e se confessá na frente do policial que tá sempre a postos naquele lugar. Como eu vô explicá pro policial o incêndio que eu comecei no milharal do sr. Otis e que custô a ele vinte dólares de mantimentos e que ninguém nunca sobe que fui eu que comecei o fogo? Bom, nenhum morador de Nova York que mora lá vai dá um passo à frente e confessá que atirô uma bituca de cigarro no chão e queimô o hospital da vizinhança nem qualqué otra coisa desse tipo. Além do que mais, por que os discursador não entro em detalhe a respeito dos pecado que *eles meso* cometero e depois se arrependero pra que as pessoa saibo disso e posso julgá eles? Aquilo só começô a ficá interessante quando um home recém-chegado apareceu no otro lado da esquina e começô a fazê um otro discurso. Ele tinha uma voz muito mais potente e atraiu muito mais gente. E a multidão que *ele* atraiu era toda maltrapilha. Ele era um home qualqué, com um chapéu preto e os olho brilhante.

"Senhoras e senhores do mundo, vim até aqui para falar sobre o mistério da televisão. A televisão é um longo braço de luz que entra pela sala de estar das casas dos senhores, e mesmo na calada da noite quando não tem nenhum programa passando aquela luz permanece acesa, embora o estúdio esteja às escuras. Prestem atenção a esta luz. A princípio ela vai machucar os senhores, e bombadear seus olhos com cem trilhões de partículas eletrônicas, mas depois de um tempo os senhores não vão mais se importar. Por quê?", ele gritô com a voz alta e o Slim disse "Só!". O home disse, "Porque enquanto a eletricidade era uma luz para que enxergássemos, essa é uma luz que vem não para que enxerguemos, mas para enxergar – não para que leiamos, mas para *ler*. Esta é a luz que os senhores *percebem*. Esta é a primeira vez na história do mundo em que a luz foi retirada da fonte da luz e projetada através de um tubo de maneira que possa ser assistida e estudada em vez de nos levar a piscar os olhos. E ela assumiu a forma de homens e mulheres que são de carne e sangue no estúdio mas assim mesmo entram na sala de estar das casas dos senhores como um facho de *luz* acompanhado por uma trilha sonora. O que isto significa, senhoras e senhores?"

Bom, ninguém sabia a resposta, e todos ficaro esperando, e o Slim disse "Fala, cara!" porque ele quiria sabê.

"Isto significa que o homem descobriu a luz e está mexendo com ela pela primeira vez, e que liberou cargas concentradas nas casas de todo mundo, mas ninguém sabe que efeito isso pode ter na mente e na alma das pessoas, a não ser que hoje percebemos um sentimento generalizado de nervosismo, e olhos cansados, e nervos à flor da pele, e uma suspeita de que por ter aparecido junto com o ÁTOMO possa existir uma aliança blasfema entre as duas coisas, e as duas são más e prejudiciais e nos conduzem rumo ao fim do mundo, embora os otimistas digam que a luz é o oposto do átomo e pode relaxar os nervos prejudicados pelos átomos. Mas ninguém sabe!", ele gemeu bem alto e olhô pra todo mundo com um olhar sério. Bom, todo mundo tava interessado e não deu a mínima pros discurso sobre o *arrependimento*, e o Slim concordô, impressionado.

"E senhoras e senhores", ele disse, "é o bom e velho caixeiro-viajante da época da Grande Depressão que costumava pôr o pé na sua porta e agora tem uma perna na sua sala, a única diferença é que ele parece tão estranho na luz que os senhores não conseguem acreditar na transformação. E não pensem que *ele* não está mais nervoso do que estava na época da Grande Depressão enquanto carrega junto toda essa luz e olha para a América desconhecida! Senhoras e senhores, eu vi um caixeiro-viajante ontem à noite na televisão que pôs uma máscara, de brincadeira, mas os olhos dele pareciam muito assustados enquanto olhavam por trás daquela máscara e encaravam um milhão de outros olhos mais bem escondidos. O que isso significa?", o home perguntô, e todo mundo taria disposto a se ajoelhá pra descobri, por assim dizê, e o Slim gritô "Diz aí!" e bateu as mão uma na otra.

"Vai chegar o dia em que um cérebro gigante vai televisionar a volta de Cristo através da luz e todas as pessoas do mundo hão de ver tudo através do cérebro graças a uma televisão cerebral que o próprio Cristo vai ligar enquanto opera um milagre e ninguém vai ser poupado de conhecer a Verdade, e todo mundo vai ser salvo para sempre, e homens e mulheres do mundo, eu estou avisando, vivam a vida da melhor forma possível e sejam bons uns com os outros e isso é tudo o que há para saber agora. Todos nós sabemos disso." E aí o home saiu depressa e calmo, e o Slim ficô olhando pra ele com um olhar alegre e satisfeito e bateu palma, e várias otras pessoa começaro a batê palma tamém, e o orador sumiu em meio à glória. Vô, foi a coisa mais estranha.

Depois o home do Exército da Salvação gritô pra nós, "Vocês não veem que o Senhor está próximo?" e de repente veio um barulho alto e estridente da rua cheia dumas luz vermelha pra tudo quanto era lado e eu me abaxei, ero os caminhão de bombero indo prum incêndio com um bando de bombero segurando os capacete com umas expressão grave e solene nos rosto, andando a cento e cinquenta quilômetro por hora. Heh! Aquilo nos deu um acordão, e o Slim disse "Opa!" e todo mundo pareceu surpreso e interessado e aí tudo voltô ao normal e as pessoa voltaro a andá dum jeito atirado e a parecê aborrecida como sempre.

Bom, tava na hora da gente ir embora, e o Slim disse, "Vamo voltá pro Times Square uma hora dessas, mas agora temo que atravessá essa noite, que nem o home de cabelo branco, e não pará enquanto a gente não chegá do otro lado desses grandes Estados Unidos da América e de toda a terra primitiva e não tivé à margem do Oceano Pacífico pra nos acomodá e dá graças a Deus. Cê tá pronto Pic?" ele perguntô, e eu disse "Tô" e a gente partiu.

13

O fantasma do Susquehanna

Ero oito hora quando a gente entrô e ficô defronte ao Lincoln Tunnel naquela luz amarela, e começô a chuviscá um poco, mas foi o bastante pra dexá eu e o Slim preocupado antes meso da gente pôr o pé na estrada. Mas pela primera vez desde aquela otra vez a gente entrô lá dentro; e paricia que o motorista tinha dobrado a curva dizendo "Prazer em conhecer vocês" antes meso que a gente pudesse estendê o dedão. Ele deu um sorriso radiante e escancarô a porta. Era um baita caminhão amarelo que dizia PENSCO na carroceria, com uma cabine de trator na frente com no mínimo três metro de altura e os maior pneu que já existiro nesse mundo, e puxava uma carreta que não dava pra vê o fim a não sê que você desse uns bons passo pra trás. Um negócio gigantesco, que o Slim teve que me jogá lá dentro pra eu consigui entrá, e o home me pegô como se eu fosse uma bola de futebol. Quando sentei lá dentro eu me sinti como se tivesse no alto de uma árvore, de tão grande e tão alto que era aquilo. O Slim pulô logo em siguida e atirô tamém a mala com todas nossas ropa e a gente siguiu viage.

"Indo para algum lugar com o seu irmão pequeno?", o caminhonero perguntô. "Não ia dá certo dexá ele na chuva", e quando terminô de falá o home deu um chute pra baxo, agarrô duas embreage e socô tudo dum lado pro otro e pisoteô os pedal que nem um organista e BUM! aquele baita caminhão deu a partida e começô a rosná e rolô pra dendo túnel como se fosse uma montanha. O caminhonero era branco. O nome dele era Noridews. E ele fez o túnel estremecê e reverberá daqui até Nova Jersey.

E não só ele não disse mais uma única palavra até a gente chegá na Pensilvânia horas mais tarde, mas tudo que eu e o Slim tinha pra fazê era ficá sentado curtindo o jeito como ele fazia aquela máquina gigante avançá pela estrada. Aquilo era muito mais forte do que um mísero *ônibus*, e isso é um bocado de força! As pessoa nos otros carro paricio tremê quando a gente passava engolindo tudo que tinha pela nossa frente. A única hora que ele parô foi num morro, e só parô pras pessoa passá, mas o motor continuô trabalhando. Ele tinha os freio mais potente do mundo pra evitá que a carreta batesse atrás da gente a cada semáforo vermelho, e tinha que chutá os freio pra salvá a nossa vida, porque as parada ero muito forte e muito suave. E aí a carreta parava como se fosse uma mula, e continuava indo pra frente devagarinho como se não pudesse esperá sinal vermelho nenhum, e o caminhonero disse pra gente se segurá mas nem assim ela parava. "Ela tem que continuar andando", ele disse.

Bom, o chuvisco tava caindo em Nova Jersey e vô, a primera coisa que eu e o Slim vimo foi aquele velho home branco com os cabelo grisalho esvoaçando ao redor da cabeça dele, caminhando ao longo da estrada com toda aquela luz amarela e toda aquela chuva caindo em cima dele junto com a fumaça. Ah, ele paricia ao meso tempo grandioso e digno de pena, e o Slim disse, "A caminhada pra saí de Nova York é curta mas difícil". A gente olhô pra ele ao passá, e viu o rosto dele na chuva e ele perdido nos pensamento como se nunca tivesse chovido e como se ele tivesse no quarto dele, sabe? "O que ele vai fazê?", o Slim disse, e "Ah aquele sinhor incrível me faz pensá em Jesus andando desse jeito por esse mundo de desesperança. Aposto que ele não paga nenhum imposto e que a pasta de dente dele foi perdida no Hoover's Army. Ah", ele disse, "todo mundo tem que consigui ao meso tempo se *ele* consegue." O velho tinha os olho muito azul, eu vi quando a gente passô. Eu vi ele depois, otra hora eu te conto como foi. A gente passô pelas rua lotada de Nova Jersey e pegamo a estrada, e vimo uma placa que dizia "Sul" e tinha uma flecha apontando reto pra esquerda, e "Oeste" com uma flecha apontando reto pra baxo, e a gente seguiu a flecha pra baxo rumo ao Oeste. Escureceu e a paisagem ficô mais campestre, e de repente surgiro os morro.

Levô umas hora até chegá à Pensilvânia que era praonde o caminhonero tava indo, e cinco até Harrisburg, Pensilvânia, onde ele morava. Eu dormi uma boa parte do caminho. Continuô chovendo. Denda cabine tava quente e aconchegante, e pra mim e pro Slim aquele foi um ótimo começo. Ele disse que a gente não divia de tá muito atrás da Sheila.

À meia-noite em Harrisburg o home disse que podia ganhá tempo nos dexando fora da cidade num cruzamento e apontô pra ele quando a gente passô, e era um cruzamento muito solitário e chuvoso que me fez engoli a seco de tão escuro, mas ele disse que ia nos levá pra denda cidade de qualqué jeito pra gente vê se consiguia uma otra carona direto pra Pittsburgh e apontô pro Oeste, e inda disse que conhecia um otro atalho pro centro da cidade. Esse atalho foi bom pra nós. Harrisburg tava acesa e cheia de halos com a chuva e tamém parecia um lugar silencioso e triste. Tinha umas enorme ponte cinzenta, e mais abaxo o rio Susquehanna, e a rua principal da cidade onde todo mundo tava esperando pelos ônibus à meia-noite.

Eu e o Slim pulamo pra fora da cabine no semáforo vermelho e o home repetiu as instrução enquanto o Slim agradecia todo alegre, e logo a gente tava a pé mais uma vez, atravessando a cidade até a otra estrada cheio de esperança. "Essa foi uma ótima carona", o Slim disse, "e eu nunca teria conseguido uma carona dessas sozinho. Todo mundo vai simpatizá com a gente porque você é piqueno e assim a gente vai chegar logo até a costa! Pic, cê é o meu irmãozinho da sorte. Vem comigo!"

As casa em Harrisburg são velha ao extremo, e são da época do George Washington, o Slim disse. Elas são tudo de tijolo numa parte da cidade, e têm as chaminé torta e uns formato antigo, mas quase todas são bem-conservada. O Slim disse que a cidade é antiga porque fica às marge dum rio antigo. "Cê nunca oviu falá do Susquehanna, e de Daniel Boone e de Benjamin Franklin e das Guerra francesa e italiana? Naquela época tudo acontecia por aqui, e as pessoa vinho de Nova York, onde a gente tava, com carrinho de mão e gado pelos morro que a gente atravessô de caminhão, no meio da chuva e das intempere, e sofria e morria só pra chegá aqui. Foi o começo da grande ocupação da Califórnia e se você lembra de quanto tempo a gente levô pra chegá vindo de caminhão imagina de boi, e *depois* me diz quando a gente chegá a São Francisco – sobre os boi. Eu vô te perguntá quando a gente atravessá a dolina em Nevada. Em Nevada tem essa dolina que engoliu um *oceano intero* e tá seca desde então, e leva um mês intero pra cê consigui medi as borda dela. Dá pra vê que é um escoadoro bem mais largo que o ralo da pia onde cê escova os dente! Cê inda não viu nada, garoto."

Bom, a gente inda tava no Susquehanna e faminto o suficente pra tá em Nevada, então o Slim disse que a gente ia comê o Cachorro-Quente Número

Dois e o Cachorro-Quente Número Três e quem sabe o Número Quatro. A gente foi até um *diner* pra comê, e pedimo um acompanhamento de fejão com ketchup e café pra cada um de nós. O Slim disse que eu tinha que aprendê a tomá café pra me mantê aquecido na estrada. Ele contô o dinhero, disse que a gente inda tinha $46,80 e cavocô na mala pra colocá mais ropa pra se caso chovesse. Ele disse que tava torcendo pra gente consegui uma carona depressa pra que eu pudesse dormi, e que seria bom se eu só acordasse em Pittsburgh pra gente continuá a viage direto em vez de dormi. "Mais à frente o sol tá brilhando em Illinois e no Missouri, tenho *certeza*", ele disse.

Aos poco a gente continuô noite adentro, e o Slim comprô duas cartera de cigarro que nos dexaro com $46,40, e a gente caminhô até a periferia da cidade. As pessoa nos olhavo curiosa e se perguntavo o que a gente tava fazendo. Bom, a vida é assim meso. *Cê tem que vivê e chegá lá*, como o Slim sempre dizia. "A vida acaba e não avisa, a vida é uma brisa", ele dizia. De repente apareceu um carro com um home que tava voltando pra casa e o Slim não deu a mínima, ele estendeu o dedão e deu um assovio muito agudo com os dente, e quando viu que o home não ia pará ele esticô a perna e levantô as calça e disse "Tenha pena de uma pobre moça na beira da estrada". Esse era o jeito dele de fazê graça onde qué que fosse.

Tava *bem* frio, mas a gente se sentia bem como se tivesse em casa. De vez em quando eu me preocupava em encontrá uma cama e uma casa na Califórnia, e me preocupava com a Sheila, e me preocupava com um cansaço ainda maior com inda mais frio num lugar inda mais escuro que aquele, mas o Slim me fazia esquecê dessas coisa tudo com o jeito dele. "Só tem um jeito de vivê", o Slim disse, "basta não morrê. Urru, às vez me dá vontade de morrê mas agora eu quero que isso demore o *quanto pudê*! Com a ajuda de Deus eu não tenho medo de passá frio nos pé, dês que os meu pé não rache por intero. Deus, cê não me deu nenhum dinhero mas me deu o direito a *reclamá*! Urru! Reclamá com a mão esquerda até a direita caí. Bom, eu tenho a minha gata, então vô me aguentá um poco mais e vê que jeito a Califórnia tem, e tamém vô olhá pra dende mim meso, pode apostá. Não posso fazê mais do que *chutá*, meu Deus, chutá prum lado, chutá pro otro, chutá com vontade. Cuida desse teu filho, Deus." O Slim sempre falava desse jeito com Deus. A gente aos poco se conheceu melhor e começô a falá sozinho a qualqué momento, enquanto o otro simplesmente escutava. Eu dizia "Uni-duni-tê" contando os meus passo e o Slim dizia "É issaê!" distraído e pensando em otra coisa. Era muito divertido, e tamém bom.

Um dia eu inda vô ganhá um monte de dinhero pra nós dois, vô, e aí vô aproveitá a vida como o Slim aproveitava *sem dinhero* e sê um home feliz.

A gente atravessô a cidade e logo chegamo à estrada e lá tava o rio Susquehanna correndo junto com a gente, preto e solene e queto por quilômetros e mais quilômetros a fio.

E de repente apareceu um home com uma maletinha correndo todo elegante vindo da praia, e nos viu, e nos abanô, e disse "Caminhem um pouco mais depressa se vocês puderem acompanhar o meu passo, porque estou indo pro CANADÁ e não quero perder tempo." Bom, ele nem tinha nos alcançado ainda e já tava falando desse jeito, mas logo ele nos ultrapassô. "Não posso demorar, não posso", ele disse, olhando pra trás. Eu e o Slim corremo depressa atrás dele.

"Praonde cê tá indo?" o Slim perguntô, e o home – ele era um homezinho branco e pobre – disse "Olha, eu vou pegar um DRINQUE do outro lado do rio assim que atravessar a ponte. Sou membro dos Veteranos das Guerras Estrangeiras da Legião Americana. A Cruz Vermelha não me daria um centavo sequer. Tentei dormir na ferrovia noite passada e me acordaram com um holofote. Eu disse 'Vocês *nunca mais* vão me ver nessa cidade' e fui embora. Na semana passada eu tomei um excelente café da manhã em Martinsburg, West Virginia, com panquecas, xarope, presunto, torrada, dois copos e meio de leite e uma barra de Mars. Sempre gosto de ter comida estocada para o inverno, como os esquilos. Também comi miolos em Hippensburg duas semanas atrás e não senti fome por três dias."

"Cê qué dizê Harrisburg?"

"Hippensburg, filho, Hippensburg, na Pensilvânia. Tenho que encontrar um camarada no Canadá no final do mês para fechar um negócio de urânio. Nos bairros chiques de Nova York!" ele disse brandindo o punho. Esse home era engraçado, baxo e magro, com um jeito todo falcatrua e um nariz pontudo como um chifre, e ele parecia tão definhado e encolhido debaxo do chapéu que eu não ia reconhecê ele se visse ele otra vez. "Andem depressa", ele gritô pra gente. "Três anos atrás eu conheci um garoto como você nessa mesma estrada. Preguiçoso! Lerdo! Não fique para trás!"

A gente seguiu ele e teve que se apressá um poco.

Seguimo esse home por mais de três quilômetro.

"Praonde a gente tá indo?" o Slim perguntô.

"Sabe o que eu fiz ontem à noite em Harrisburg? Tive um jantar e tanto, vou contar para vocês. Pé de porco glaceado, batata doce com ervilha, sanduíche de manteiga de amendoim, duas xícaras de chá e gelatina com frutas. O cozinheiro era um Veterano das Guerras Estrangeiras. No dia doze desse mês eu tomei um banho frio e em seguida um banho quente no Cameo Hotel, não vou dizer para vocês onde fica, mas o recepcionista era o Jim, um Veterano das Guerras Estrangeiras, e eu peguei uma gripe e não parei mais de espirrar."

"Parece que cê não para queto, vovô", disse o Slim. "O homem de cabelos grisalhos de uma hora atrás não conseguiu acompanhar o meu passo. Estou indo para o Canadá. Tenho tudo nessa bolsa aqui. E tenho uma bela gravata nova, também." A bolsa do home era um pedaço de papelão todo estropiado e amarrado com um cinto. Ele não parava de mexê no cinto. "Esperem um pouco enquanto eu pego a minha gravata", ele disse, e a gente parô na frente dum posto de gasolina vazio e ele se abaxô pra desafivelá o cinto.

Eu me sentei e descansei um poco as perna e fiquei olhando. Aquele home era muito engraçado, e era por isso que o Slim tava seguindo ele e falando com ele daquele jeito. O Slim costumava ir sempre atrás das coisa que interessavo ele, sacomé, e além do mais era incapaz de dizê não prum sinhor como aquele.

"Onde essa gravata foi parar?" o home perguntô, e não parô mais de mexê e remexê aquela bolsa estoporada, e coçô a cabeça e disse, "Só o que falta ter deixado ela em Martinsburg! Eu coloquei doze pastilhas para tosse na mala hoje pela manhã e lembro que a gravata estava pendurada bem ao lado. Não, não era Martinsburg de jeito nenhum, não mesmo, onde era aquilo? Harrisburg? Ah, droga, vou ter que me virar com essa gravata velha até chegar em Ogdensburg, no estado de Nova York", e aí a gente começô a caminhá otra vez. O home não tinha a tal da gravata.

Vô, cê não precisa acreditá se não quisé, mas a gente caminhô otros DEZ quilômetro ao longo do rio com esse sinhor, e sempre era pra tê qualqué coisa depois da curva siguinte, mas nunca tinha nada. Eu nunca caminhei tanto e me importei tão poco, ele falava dum jeito muito loco! "Está tudo nos meus papéis", ele ficava dizendo, e nos falô sobre o que tinha comido em cada cidade durante um mês intero, sobre como mostrava as credencial em vários lugar diferente, sobre o que tinha comido em cada refeição e tamém nos disse quanto açúcar ele botava no café e quantos biscoito água e sal ele comia com a sopa. Aquela conversa dexô eu e o Slim com fome. O home era piqueno, mas amava comida como se fosse um gigante. E não parava nunca de caminhá.

Bom, a qualqué coisa depois da curva não apareceu nunca e a gente já tava num matagal onde a estrada só era iluminada em uns ponto bem distante uns dos otro.

O Slim parô e disse "Olha, cê deve sê...", mas ele não quis dizê "loco" e só disse "Cê deve sê... vovô, eu e o meu irmão temo que voltá."

"Voltar? Não existe volta nessa parte do país. He he. Eu me enganei a respeito de vocês como me enganei a respeito daquele jovem três anos atrás, foi isso o que aconteceu. Estou pronto para continuar, mesmo que vocês não estejam."

"Bom, a gente não pode caminhá a noite intera", o Slim disse.

"Muito bem, desistam então, eu estou pronto para caminhar até o Canadá e seguir direto até Nova York se for preciso."

"Nova York?", o Slim gritô. "Será que eu ovi direito? Essa não é a estrada pra Pittsburgh?"

O Slim parô, mas o home continuô caminhando depressa. "Ei, cê não me escutô?" o Slim gritô. O velho com certeza oviu ele, mas não deu a mínima. "O meu lema é 'sempre em frente', e talvez eu chegue ao Canadá, talvez não. Mas não posso esperar a noite inteira." E ele continuô falando e andando, e no fim tudo que a gente pôde vê foi a sombra dele se juntá à escuridão e desaparecê como um fantasma.

"Bom", o Slim disse, "esse foi *meso* um fantasma." E ele quase morreu de preocupação por tá comigo naquele matagal perto do rio à meia-noite, tentando entendê onde a gente tava e por que a gente tinha se perdido. Tudo que eu consiguia ovi era o barulho da chuva em milhões de folhas e o tchuc-tchuc na otra marge do rio e o meu próprio coração batendo naquela paisage. Meu Deus, foi uma experiência e tanto.

"Por que eu seguiria um loco desses?", o Slim disse, e ele paricia tá sozinho, e olhô pra mim e estendeu a mão. "Pic, cê tá aí?"

"Slim, eu tô com medo", eu disse.

"Bom, não fica com medo, a gente vai voltá pra cidade e voltá praquelas luz e as pessoa vão nos vê. Urru!"

"Slim, quem era aquele home?" eu perguntei, e ele disse, "Ah, esse era um fantasma do Rio, ele tá procurando o Canadá na Virgínia, em West Virginia Pensilvânia do Oeste, Nova York do Norte, a cidade de Nova York, Arturite do Leste e Pottzawattomy do Sul nos últimos oitenta ano pelo que entendi, e tudo isso a pé. Ele nunca vai encontrá o Canadá e nunca vai chegá no Canadá porque ele tá andando todo esse tempo na direção errada."

E aí vô os próximos três carro passaro, e o quarto parô pra gente, e a gente correu até onde ele tava. Era um home branco e solene num caminhão com um trailer de praia. "Sim", ele disse, "essa é a estrada para Pittsburgh mas é melhor vocês pegarem uma carona de volta para a cidade."

"Esse velho vai passá a noite intera caminhando, e ele qué ir pro Norte até o Canadá", o Slim disse, e aquela era meso a verdade de Deus, e a gente ficô falando sobre o fantasma de Susquehanna por três mês a sigui quando a gente encontrô a Sheila em São Francisco.

14

Como a gente enfim chegô na Califórnia

Vô, a viage foi longa que vô te contá. Aquele home nos levô de volta pra Harrisburg debaxo da chuva. Ele disse pra gente dobrá à esquerda numa esquina e depois à direita e depois segui em frente e descê até chegá num antigo vagão convertido em lanchonete e disse que eles fazio uma batata doce e uns pé de porco glaceado delicioso e tamém vendio uns cachorro-quente de dezoito centímetro com molho. Eu e o Slim fomo até lá e nos sentamo na parte do restaurante onde se come, o otro lado era um lugar de escarrá cheio de homes arguificando sobre como eles ero jíndios.

"Não me vem com essa, você não é índio!"

"Ah, não sou, é? – Eu sou um Pottzawattomy do Canadá e a minha mãe tem o sangue dos Cherokee nas veias!"

"Se você é um Pottzawattomy do Canadá e a tua mãe tem o sangue dos Cherokee nas veias eu sou James Roosevelt Turner."

"Bom, te vira então que eu vou te dar a maior surra que você já levou." E depois veio o som de vidro quebrando, e de briga, e de gritaria, e das muler berrando, e uma muler chegô na mesa onde eu o Slim tava comendo e sentô com a gente e abriu um sorriso bunito e disse "Posso me sentar com vocês?" bem na hora que um bando de policial descero dum camburão e entraro. A muler, ou melhor, a garota, disse pro Slim:

"Posso sentar?"

E ela sorriu mas o Slim ficô com medo dos policial e não sorriu de volta pra ela, e além do mais o Slim é casado com a Sheila, mas a muler ficô lá sentada como se tivesse junto com a gente na mesa e nenhum dos policial foi incomodá ela. O Slim não disse que não, e tamém não disse que sim. Os policial levaro os jíndio embora e tudo voltô a ficá em paz.

Eu e o Slim gastamo todo o nosso dinhero comendo batata doce glaceada e pé de porco e cachorro-quente de dezoito centímetro e o Slim não prestou a menor intenção naquela muler. Era um galpão. Mas sacomé, vô, um monte de negro tem sangue de jíndio, como eu meso descobri quando vi aquele monte de jíndio em Nebraska e Iowa e em Nevada, sem falá em Oakland.

Mas a essa altura a gente já tava com os estômago bem forrado de comida e pronto pra saí na chuva, que já tava um poco mais fraca, e o Slim disse:

"Agora o próximo passo é chegá a Pittsburgh pela Rota 22."

O sol tava começando a nascê e um carro passô e esmagô um passarinho azul embaxo das roda.

Me embrulhô o estômago ovi aquele barulho e eu desejei que existisse um lugar melhor. Me senti missilado. Um encanador nos deu uma carona até Huntingdon, depois um eletricista nos deu uma carona até Holidaysburg, depois um home chamado Biddy Blair nos deu uma carona até Blairsville, depois a gente acabô em Corapolis com um caminhonero do interior e o filho dele tinha uma hérnia na barriga. Ero umas história tinhosa. Mas eu tinha no meu peito um sentimento de que todo mundo tava fazendo o melhor possível.

Quando era umas sete da manhã o Slim comprô uns Sin-Sins pra gente tê um poco de doce pra comê. Ele tava muito preocupado que talvez a gente nunca fosse chegá até onde a Sheila tava. Ele nunca me disse quanto tempo a gente ia levá até Oakland por medo que eu me assustasse. Eu disse que eu não sabia que existia tanta gente branca no mundo, porque eu vinha do interior da Carolina do Norte.

Ele disse: "É."

E depois emendô: "Eu gostaria de sabê se o sr. Otis botô a polícia atrás de mim por tê sequestrado você. Bom, agora ele já não vai mais nos encontrá. Um carro tá parando ali com dois home dentro."

Eles tavam andando a uns cento e trinta quilômetro por hora ou coisa paricida mas pararo de repente. A gente entrô no banco de trás. Eles dissero:

"Pra onde vocês tão indo? – Pô, a gente tá indo pra Montana, vocês têm dinheiro?"

O Slim disse "Não muito".

E aí eles dissero "A gente vai deixar vocês em Pittsburgh". Tava chovendo, vô, quando a gente chegô em Pittsburgh. Eu e o Slim entramo na estação de trem pra se protegê da chuva. Dois home com os uniforme azul de mestres do tchuc-tchuc mandaro a gente saí. A gente dobrô a gola das nossas camisa pra cima e saímo pela rua, vimo uma igreja com uma cruz em cima. O Slim disse:

"Vamo entrá ali e nos secá um poco. Acho que dali não vão nos expulsá."

Tava muito frio mas tinha um calor vindo da fornalha mais abaxo, e um home no andar de cima tava tocando o grande órgão, o Slim disse que era uma Ah-vi-Maria, e aí chegô um home com um pavio aceso e começô a acendê depressa as vela num lugar perto da entrada, "O Haltere", disse o Slim (disse rindo), e na rua tava chovendo a cântaro.

Vô, quando eu ovi aquela música eu disse pro Slim ficá queto e disse:

"Posso cantá?"

"O Slim qué sabê se cê conhece a melodia", o Slim disse.

"Eu posso só cantarolá."

O Slim disse: "Lá vem o home com o grande casaco preto."

A essas altura eu já tava cantarolando.

O grande home com o grande casaco preto disse "Você tem uma bela voz. Qual é o seu nome?"

"Pictorial Review Jackson da Carolina do Norte."

"E quem é ele?"

"Meu irmão John Jackson."

O pastor perguntô "Você sabe tirar o pó dos bancos de uma igreja?"

O Slim disse "Eu acabei de trabalhá numa fábrica de biscoito e prefiro toda vida tirá pó dos banco duma igreja".

"Você sabe passar um esfregão no assoalho do porão? Posso oferecer duas camas de campanha ao lado da fornalha, cem dólares por mês, cinquenta para cada um, comida grátis e acomodação sem aluguel."

O Slim disse "Fechado, a gente tá indo até a Califórnia pra encontrá a minha esposa."

"Como se chama a sua esposa?"

"Sheila Jackson, nascida Joyner na Carolina do Norte."

"Eu sou o pastor John McGillicuddy."

O Slim disse "Cê não é o cara que trabalhava no Philadelphia Phillies?"

"Não, esse era Cornelius McGillicuddy, um primo distante... Philadelphia Athletics... Eu sou o pastor John McGillicuddy, da Sociedade de Jesus, ordem dos jesuítas. Escute, Jackson Picture, você não gostaria de subir e cantar no coro? Qual é a sua canção favorita?"

Vô, eu disse que era *Pai-Nosso*, a Lulu ia tê chorado se me ovisse cantando aquilo na varanda dela. E aí o pastor McGillicuddy me levô pro CORO, e me colocô ao lado do home que tava com as mão nas tecla do ÓRGÃO. Vô, eu assoviei e senti até vontade de tá com a minha gaita de boca, e o pastor cantô e disse que eu tinha a voz dum anjo.

Aliás o Slim tava no porão limpando o assoalho, ele disse que queria muito tá com o sax dele, mas disse que tinha encontrado um novo sax na voz do irmão mais novo.

Aí a gente contô pro pastor McGillicuddy que assim que a gente recebesse o pagamento de cem dólar a gente ia pegá o Greyhound pra Oakland, mas o pastor McGillicuddy disse que a manhã de domingo já tava bem próxima, que a noite era adventista ou aventureira, e o sábado tamém, e ele queria que eu cantasse o Pai-Nosso pra toda congregação, e eu cantei, no alto do CORO, do melhor jeito que eu pude. O pastor McGillicuddy tava com um sorriso que paricia um raio de sol. Esses irlandês quando se entusiasmo fico com a cara toda vermelha, mas acho que eles tamém deve de tê os problema deles, então a gente recebeu nossos cem dólar e pegamo o ônibus que tinha a figura dum cachorro azul no lado, chamado Greyhound, e fomos piuizando por Ohio até o Nebraska, o Slim tava dormindo no banco de trás sozinho com as perna espalhada pra tudo quanto era lado, e eu tava sentado num assento normal perto dum home branco duns noventa ano, e quando a gente tava uma parada antes de Kearney, no Nebraska, o home disse pra mim:

"Eu preciso ir ao banheiro."

E aí eu levei ele pra fora do ônibus segurando a mão dele, porque ele tava preste a caí na neve, e perguntei pro frentista do posto onde ficava o banhero masculino. Depois levei o home de volta pro ônibus e o motorista gritô:

"Alguém andou bebendo por aqui!" E o motorista tava usando umas luva preta. Dois home sentado no assento ao lado dele tavo de mão dada.

O Slim continuava roncando na cama improvisada no banco de trás. Depois ele levantô e me disse:

"Olá, garoto."

E de repente a neve acabô. Ovi um otro sinhor atrás de mim dizê "Eu quero voltar para Oroville e deixar a poeira baixar."

E a gente já tava no vale de Sacramento, vô, e logo a gente viu os varal da Sheila com ropa limpa secando nos prendedor, balançando dum lado pro otro plift-plaft.

E o Slim, ele colocô as duas mão nas costa, atravessô o jardim mancando e disse "Eu tô com arturite, onibusite, estradite, piquite e todas otras ite desse mundo".

E a Sheila veio correndo, deu um bejo apaxonante nele e a gente entrô pra comê os bife que ela tava guardando pra gente, com purê de batata, vage e banana split com sorvete de cereja.

Livros de Kerouac publicados pela **L&PM** EDITORES:

Kerouac: 3 em 1 (Os vagabundos iluminados, On the Road – Pé na estrada, Os subterrâneos)
Anjos da desolação
Big Sur
Cenas de Nova York e outras viagens
Cidade pequena, cidade grande
Despertar: uma vida de Buda
Diários de Jack Kerouac: 1947-1954
Geração beat
Jack Kerouac e Allen Ginsberg: as cartas
Livro de haicais
O livro dos sonhos
O mar é meu irmão
On the Road – o manuscrito original
On the Road – Pé na estrada
Pic
Satori em Paris
Os subterrâneos
Tristessa
Os vagabundos iluminados
Viajante solitário
Visões de Cody
Visões de Gerard

Leia também na Coleção **L&PM** POCKET:
Kerouac – Yves Buin (Série Biografias)
Geração Beat – Claudio Willer (Série **Encyclopaedia**)

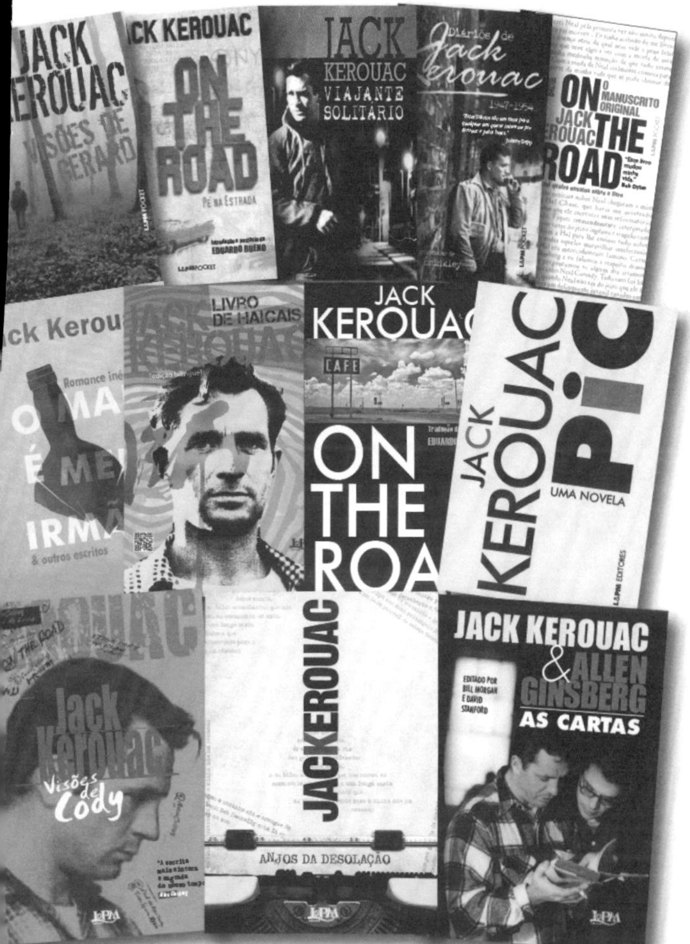
JACK KEROUAC
VISÕES DE GERARD
JACK KEROUAC
ON THE ROAD
PÉ NA ESTRADA
JACK KEROUAC
VIAJANTE SOLITÁRIO
Diários de Jack Kerouac
1947-1954
ON THE ROAD
O MANUSCRITO ORIGINAL
Jack Kerouac
& outros escritos
LIVRO DE HAICAIS
JACK KEROUAC
ON THE ROA
JACK KEROUAC
PIC
UMA NOVELA
Jack Kerouac
Visões de Cody
JACK KEROUAC
ANJOS DA DESOLAÇÃO
JACK KEROUAC & ALLEN GINSBERG
AS CARTAS
EDITADO POR BILL MORGAN E DAVID STANFORD

IMPRESSÃO:

GRÁFICA EDITORA Pallotti IMAGEM DE QUALIDADE

Santa Maria - RS - Fone/Fax: (55) 3220.4500
www.pallotti.com.br